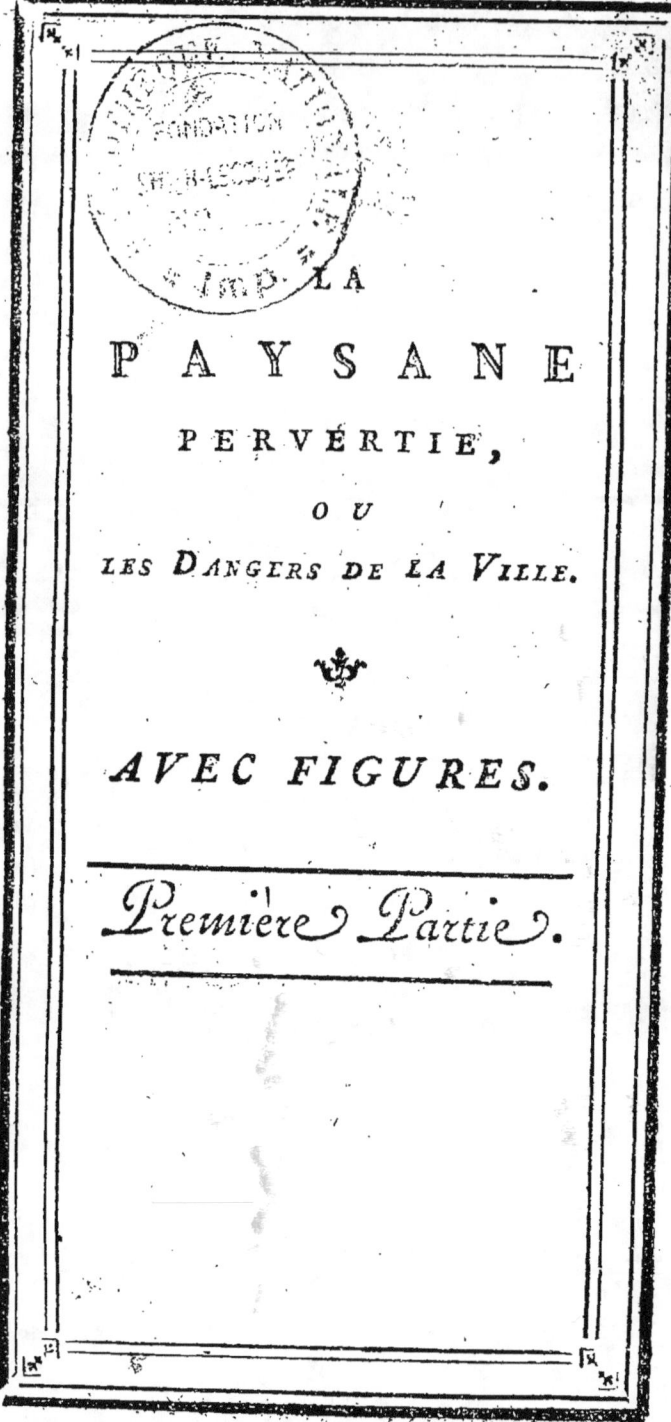

LA
PAYSANE
PERVERTIE,
OU
LES DANGERS DE LA VILLE.

AVEC FIGURES.

Première Partie.

FRONTISPICE
de la Ire Partie.

URSULE ENFANT, & le Centenaire.

Sujet. On y voit Ursule, encore paysane & enfant, suivie de ses Sœurs, & de sa
bonne-amie Fanchon Berthier, qui est la
première derrière elle, écoutant un Centenaire, dont elle est remarquée, à sa ressemblance avec une Tante, que ce Vieillard
avait connue.

» Oh! que vous avez de gentillesse!
» aimable & revenante Fille » !

Le passage est à la page 74.

LA·PAYSANE

L. Binet inv.   L. S. Berthet sculp

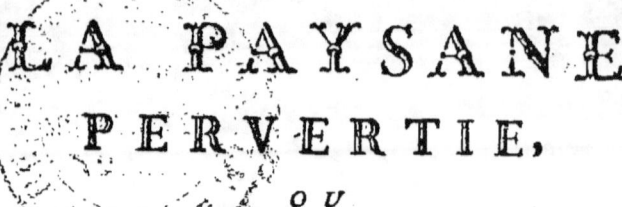

LA PAYSANE
PERVERTIE,

OU

LES DANGERS

DE LA VILLE;

HISTOIRE d'URSULE R**,
sœur d'Edmond, le Paysan, mise-au-
jour d'après les véritables LETTRES
des Personages :

AVEC 114 ESTAMPES :
Par l'AUTEUR du PAYSAN PERVERTI.

Tome Premier.

Imprimé À LA HAIE.

Et se trouve à PARIS

Chés les Libraires d.me Veuve Duchesne, Esprit,
Mérigot-jeune, Belin & Petit.

M.-DCC.-LXXXIV.

J'OFFRE avec confiance cet Ouvrage au Publiq: Que j'en-fois l'Auteur, ou que j'aye mis seulement en-ordre les Lettres qui le composent, il n'en-est pas moins-vrai, que les Personages y parleur comme ils le doivent, & que sans le secours de la souscription, on devinerait leur condition à leur style. Celui de Fanchon est d'un naturel frappant, & c'est des Lettres de cette vertueuse Belle-sœur de la Paysane, que j'attens un succès mérité: la religion, la tendresse paternelle, maternelle, filiale, fraternelle, y brillent d'un éclat pur & sans nuage....On trouvera dans cette Production, le simple, l'attendrissant, le sublime, le terrible; le vice y est peint hideus, la vertu, comme elle assiste devant le trône de Dieu; on y voit la naïveté, l'innocence, la perversion, la volupté, la débauche, le remords, la pénitence, une conduite admirable & digne d'une Sainte, dans la même Persone, sans qu'elle change de caractère; le vice lui était étranger, & la vertu naturelle; laissée à elle-même elle y revient.

Que les petits Puristes critiquent, s'ils l'osent, & le style & les détails: tout cela part du cœur, & ils ne le connaissent pas; ils n'ont que de l'esprit.

Cet Ouvrage complète le PAYSAN: les deux ont ensemble 114 Estampes.

PRÉFACE DE L'ÉDITEUR.

Je reprens ici un titre qui m'appartient.
On a prétendu traiter ce sujet d'imagination : mais la vérité, que j'avais par-de-
vers moi, est bien-audessus d'une fiction
mal-digérée. Aureste, je ne me plains pas
du faible Imitateur qui, me croyant auteur des Lettres du PAYSAN PER-
VERTI, a voulu brocher une Paysane,
comme il s'est figuré que j'avais composé
le Paysan perverti : loin-de-là ! je voudrais qu'il eût mieux réüssi ; on aurait eu
le plaisir de comparer le vrai avec le beau
vraisemblable. Je dirai plus, je lui dois de
la reconnaissance, puisque la lecture de son
Ouvrage a tellement excité l'indignation du
bon Pierre R** mon compatriote, que c'est
le principal motif qui l'a déterminé à me

A 3

me communiquer ſes découvertes, au
ſujet de ſa Sœur Urſule. Ainſi l'on peut
regarder ce nouveau Recueil comme le com-
plément du Paysan perverti ; & à ce titre,
il eſt précieux : car Urſule détaille ſouvent,
ce qui n'a été qu'indiqué dans le Paysan ;
elle va dévoiler les ſecrets de ſa propre conduite, comme Femme ; on verra dans ſa petite vanité, dans la découverte qu'elle fait
des ſentimens de Mme Parangon, lorſque
cette Dame ſe les cachait encore à elle-même,
le principe de ſa corruption future, qui ſe
dévelope peu-à-peu, & dans chaqu'une de ſes
Lettres. L'intérét, la coquetterie, le goût
d'une liberté indéfinie étouffent inſenſible-
ment ſa délicateſſe: tandis que le Corrupteur de ſon Frère, qui a ſes vues, achève de
la pervertir, dans l'eſpoir qu'elle ſervira au
ſuccès de ſes deſſeins ſur Edmond.

POINT-DE-VUE DES IV TOMES.

Ier URSULE, fur la demande de fon Frère Edmond, eft envoyée à la Ville, où elle apprend d'abord la tromperie qu'on a faite à fon Frère, en lui fesant épouser une Fille féduite par fon Maître : Elle y eft elle-même tentée par cet Homme, comme on le voit par deux Figures. Elle vient à Paris, où elle eft trouvée jolie, & reçoit des Billets-doux, dont elle rend-compte à fa belle fœur Fanchon. Elle voit les promenades, les fpectacles. Elle ofe répondre à un Billet du Marquis, qui f'en-autorife. Elle a des préfentimens de fon prochain malheur.

II.^d Urfule eft enlevée par le Marquis : il lui fait violence, & la tient enfermée dans une maifon-de-campagne, jufqu'à l'inftant où Gaudét la découvre, & obtient des ordres pour la reprendre. Gaudét f'arrange avec la Famille du Raviffeur, & fait donner à la Jeune-perfonne une fomme confidérable : Mme Parangon quoique vertueufe, fait des confidences dangereufes. Urfule revient chés fes Parens, qui la reçoivent avec tranfport. Elle retourne à Paris. Son Frère fe bat avec le Marquis : elle raffure fes Parens, qui aiment le courage emporté d'Edmond.

IIIme Urfule met au monde un Fils, d'après la violence que lui a fait le Marquis, fon raviffeur. Gaudét lui écrit pour la corrompre, par des vues doublement coupables. Il l'empêche d'époufer le Marquis, & éloigne adroitement de ce mariage les Parens du Raviffeur : Il la rend amoureufe d'un Vaurien : Il emploie Laure pour la

A 4

tromper : Il la détermine à se laisser entretenir par le Marquis. Ursule parvenue à ce point, la perversion est rapide : Elle trompe le Marquis, d'accord avec l'Épouse de ce Seigneur : Elle donne dans la galanterie la plus scandaleuse : Elle séduit son Séducteur lui-même ; & se livre à la débauche la plus rafinée. Elle veut excroquer au jeu, de-concert avec son Frère Edmond, & elle se prostitue à un Fripon qui lui montre à filer les cartes, mais qui la trompe : elle est ruinée en-une séance avec son Frère. Elle a joué un tour sanglant à un Italien ; pour s'en-venger, il la fait enlever, la force d'épouser un Porteur-d'eau, qui, déguisé en Seigneur, l'avait entretenue & dupée. L'Infortunée est réduite à une situation qui fait frémir : Le Nègre de l'Italien lui fait violence:

IV.me Ursule éprouve de nouvelles horreurs : Elle poignarde le Nègre : Elle est confinée dans un Lieu-infâme : elle s'en-échappe, & s'abandonne ensuite volontairement : elle gâgne une maladie honteuse, & tombe en-lambeaux : On la traite : elle est mise à l'Hôpital : elle revient à elle-même : elle fait une vraie pénitence : elle est frappée des malheurs de son Frère : Elle épouse le Marquis, & vit avec lui comme une Sainte : mais ses anciens crimes ne peuvent être lavés que dans son sang ; elle est poignardée par son Frère, qu'elle reconnaît en-recevant le coup mortel. Les trois corps, d'Ursule, de son Frère, & de m.me Parangon sont transportés à S** : on les inhume aux piéds du Père & de la Mère d'Ursule.

LA PAYSANE

PERVERTIE,

OU LES

DANGERS DE LA VILLE;

HISTOIRE d'URSULE R**,
mise-au-jour d'après les véritables
LETTRES des Perſonages.

AVIS
TROUVÉ A LA TÊTE DU RECUEIL.

Mes chers Enfans: Ma Femme,
votre digne & bonne Mère (dont Dieu ayé
l'âme dans ſon ſein paternel) ayant juſ-
qu'à la mort gardé intact le dépôt des Lettres
de ſa Belleſœur Urſule , ce n'a été que prête
à rendre l'âme, qu'elle me l'a remis.   Au
dernier voyage que j'ai fait à Paris, pour

y voir le Comte mon neveu, & lui exposer les fruits de notre administration d'Oudun, & de ses bienfaits, je l'ai prié aussi de voir, s'il ne trouverait pas dans les papiers de feue sa pauvre Mère (que Dieu lui fasse paix & miséricorde), quelques Lettres qui pussent me servir à vous donner d'utiles leçons, & sur-tout de celles de votre bonne Mère. Il a eu la bonté de s'y prêter, & il en a trouvé un assés bon nombre, qu'il m'a remises, & que j'ai rassemblées dans cette liasse, pour qu'elles demeurent dans notre Famille, comme un Livre instructif: Car on y verra que le principal défaut qui a perdu notre Famille, a été l'intérêt, si ordinaire aux Gens-de-campagne, & qui est si âpre en eux, qu'encore qu'ils ayent de l'honneur, ils le font passer avant tout: Et je souhaite que ce second Recueil soit un préservatif pour les Filles qui sortiront de moi, dans tous les temps futurs, tant que le glorieus Royaume de France subsistera.

Je, soussigné, ai remis ces Lettres à m.r N.-E. R·· d··l·· B···, pour qu'il les fasse imprimer comme les premières.

signé Pi. R**.

Première Partie.

NOTRE Sœur Urſule était, ainſi qu'Edmond, ce qu'on peut voir de meilleur & de plus aimable ; & ce fut à-cause de leur excellence que notre digne Père & notre digne Mère les envoyèrent à la Ville. Sans plus parler d'Edmond, dont les malheurs ont fait tant de bruit dans le monde, je dirai ici d'Urſule, que c'était la grâce du visage & du corps ; la douceur, la naïveté, la candeur du caractère ; la bonté du cœur ; la générosité de l'âme, comme elle m'en-a donné des preuves dans le cours de ſa vie, ſur-tout avant ſes chutes ſi lourdes & ſi épouvantables, & après, pendant la rude pénitence qu'elle en-a faite, comme on le verra par ces Lettres. Mais il convient, qu'avant de découvrir cette pauvre Sœur, tant regrettée! je montre quelle elle fût, lorsque la corruption des Villes, qu'habitent Ceux qui doivent lire cet Ouvrage, comme ils ont lu l'autre, concernant mon pauvre Frère, n'avait pas corrompu & fangé en-elle l'image de Dieu, gâté les beautés de la belle Nature, & qu'elle était encore telle que le Tout-puissant l'avait créée ; & que je leur fasse voir, que tout ce qui a perverti & vicié ma pauvre Sœur, était non dans son cœur droit & simple, mais dans vos Villes, ô Lecteurs, dans ce séjour de perdition, où l'on n'a pu souffrir que cette belle Créature conservât sa noblesse native & son excellence de cœur & d'esprit ; parce-qu'elle aurait sans-doute trop-humilié les Difformes d'âme & de corps, dont les Villes sont pleines !.... Mais pardonnez ce langage à ma douleur ! & qu'il me soit seulement permis de dire, que si ma pauvre Sœur eût été moins belle, elle aurait été moins-

attaquée, moins-tentée, moins-violen-
tée par les Méchans, & que peut-être
aurait-elle, avec la grâce du Seigneur,
échappé à la perverfion.

Dès fon enfance, Urfule était déja
aimable, tant par fa douceur, que par
fa jolie figure ; ce qui la rendait l'admiration de tout le monde : Et tous-
Ceux qui venaient à la maison, chés nos
chèrs Père & Mère, demandaient à la
voir : Et on difait à notre Mère :
—C'eft tout votre Portrait ; mais elle a
en outre quelque-chose d'angéliq, qu'elle
ne tient que de Dieu-. C'eft ce qui fit
qu'une Dame, qui vint à-paffer par le
pays, & qui logea chés nous, la demanda pour l'emmener avec elle, pro-
mettant d'en-avoir grand-foin, & de la
traiter comme fa Fille. Notre bonne
Mère, tant qu'elle crut que la Dame ne
parlait pas férieusement, y accordait de
bonne-grâce, en-riant, & notre refpectable Père, lui, y alait tout-de-bon :

mais quand elle vit que la Dame fesait déja les arrangemens, & qu'elle ne badinait pas, élle se prit à pleurer : si-bien qu'il falut laisser Ursule : ce que notre Père ne trouva pas bon ; & pourtant il ne voulut pas lui donner le chagrin de lui ôter de-force Une de ses Enfans : & depuis souvent il en-parlait : & c'est ce qui a fait sans-doute que jamais notre Mère ne s'est depuis opposée au départ d'Edmond & d'Ursule, quand il a été question de les envoyer à la Ville : car cette excellente Femme se souvenait de ce que lui avait dit notre Père ; & elle regardait comme une chose très-vilaine & vicieuse, qu'étant Femme, elle alât contre les volontés de son Mari, qu'elle regardait comme son Seigneur & Maître, & auquel elle fesait profession d'être soumise, non de parole seulement, mais d'effet, comme elle en a donné l'exemple toute sa vie à ses Filles, mes très-chères Sœurs.

Et à - mesure qu'Urfule grandiffait,
elle devenait de plûs-en-plûs aimable &
gentille, même de caractère; fi-bien
qu'elle fefait nos délices à tous : car elle
était bonne, obligeante, prévenante;
& elle fe fût privé de fon néceffaire pour
nous le donner. Auffi Un-chaqu'un de
nous l'aimait-il, au-point qu'elle était
au-milieu de nous-tous, Frères & Sœurs,
comme une petite Reine, que Chaqu'un
craignait de mécontenter. Et pareillement
en-était-il d'Edmond: c'étaient les deux
Bien-aimés, non-feulement de Père &
Mère, mais de Frères & Sœurs. Et
encore que nous vîffions bien tous qu'ils
étaient plus-aimés que les Autres, à-
caufe de leurs gentilles faces & minois
agréables, qui ne permettaient de leur
parler comme aux autres Enfans; fi pourtant eft-il fûr, qu'Aucu'un de nous n'en-
fut jaloux; mais nous fentions en-nous-
mêmes que c'était une juftice qu'on leur
rendait; & nous cherchions à - gâgner

leurs bonnes-grâces : & ce qu'il y avait
de merveilleus, c'eſt qu'ils ne ſ'en-pré-
valaient pas : aucontraire, ils étaient
d'autant plus accorts envers nous-tous,
que nous les recherchions davantage :
& quant à ce qui me regarde en-particulier, tout fêtés qu'ils étaient, ils ne me
parlaient qu'avec reſpeƈt, comme à leur
Aîné, craignant de me déplaire, & re-
cherchant en-tout mon approbation : car
ils me diſaient ſouvent, ſur-tout Edmond :
—Tu es à mes yeux l'image de notre
reſpeƈtable Père ; notre Père eſt l'image
de Dieu ; & par-ainſi, Pierre, je vois
auſſi Dieu en-toi, & je t'honore & ho-
norerai juſqu'au tombeau—. Et il m'a
honoré, même dans ſes égaremens. Et
Urſule m'a honoré, même dans le temps
qu'elle avait oublié Dieu, notre divin
Père ; & jamais ni Elle, ni Edmond,
n'ont dit une parole peu-reſpeƈtueuſe à
mon égard, non pas même une penſée
n'eſt jamais née dans leurs cœurs, qui ait
fait

fait brêche à leur amitié pour moi : · Auffi
les ai-je toujours tendrement portés dans
'le mien, & les y porterai-je jufqu'au
tombeau....

Et quand il fut queftion de les envoyer à la Ville, quoiqu'Un-chaqu'un de
nous (hors moi) en-eût envie, fi eft-ce
pourtant qu'en-nous-mêmes nous pen-
fions tous : —C'eft à Urfule, c'eft à
Edmond qu'il y convient d'aler-. Car effectivement, il n'y avait Auqu'un de Nous
qui eût autant de gentilleffe de figure,
pour f'y faire honneur, & fe faire aimer
& rechercher ; ni de nobleffe d'âme,
pour f'y montrer digne de notre fang ;
ni de tendreffe filiale & fraternelle, pour
pour f'y fouvenir de nous & nous y fervir :
Ainfi, au difcours que tint notre refpectable Père, un-foir à-table : —J'ai de
nombreus Enfans ; & il faut que Quelqu'un fe pouffe, pour aider & foutenir les
Autres, qui à-faute de bien, tomberont
& déchéeront, après moi : par - ainfi,

Tome I, I Partie. **B**

j'en-mettrai Un ou Deux, à la Ville-....:
A ce difcours, difais-je, ainfi tenu à table
en-converfant avec ma Mère, Un-chaqu'un
de nous porta les ieux fur Edmond & fur

* Sujet
de la
II. de Ef-
tampe.

Urfule*. Et Edmond le vit bien, ainfi
qu'Urfule; & leurs beaux ieux pétil-
lèrent du feu de la joie; car ils nous
aimaient tendrement; & ils ne voyaient
pas les dangers qui les attendaient, mais
feulement le fervice qu'ils pouvaient nous
rendre. Et notre bon Père vit auffi tout
ce qui fe paffait dans les cœurs de fes
Enfans; & fa digne âme en-fut émue;
car nous vimes des larmes rouler dans fes
ieux. Il fe retourna du côté de la cheminée, audeffus de laquelle était le portrait
de fon Père, & il le regarda, comme
f'il l'eût confulté: Et certainement le
digne Homme lui rendait hommage au-
fond de fon cœur filial, d'avoir de fi
agréables & honnêtes Enfans, qu'Urfule
& Edmond: Et où eft-ce qu'on en-
pourrait trouver qui fuffent mieux-nés,

Binet inv.   Berthet sculp.

mieux difposés, plus fpirituels, plus portés
au bien!... Mais le Seigneur les a pris
pour victimes des fautes de la Famille ;
il les a choisis comme deux Victimes fans
macule ni tache, & il a dit au Malheur,
Frappe, Et le Malheur a frappé. Que
le faint-nom de Dieu foit beni! notre
vie lui appartient, ainfi que nos Perfones, & il n'y a point à lui demander :
Pourquoi m'as-tu traité ainfi ?

Et quand Edmond fut parti pour aler
à la Ville, & qu'il eut commencé à m'é-
crire qu'il f'y déplaifait, Urfule, qui
avait toujours été du même fentiment que
lui en-toutes-chofes, n'en-fut pas en-ça :
car elle me dit : —Mon Frère Pierre,
je crois que mon Frère Edmond f'écoute
trop dans fes dégoûts, & qu'il n'attend
pas affés, pour voir f'il ne fe fera pas :
car il eft vif & impatient à la peine, &
c'eft fon feul défaut ; & il me femble, à
moi, que je ne me découragerais pas fi
vîte-? Je penfai tout comme elle ; car

nous approuvons fouvent ce qui nous eſt
contraire. Et quand Edmond commença
d'aimer un-peu la Ville, & qu'il dit qu'il
ſ'y accoutumerait, Urſule ne ſe ſentait
pas d'aiſe : —Je retrouve enfin mon
Frère, me diſait-elle (hélas ! elle ne
le retrouvait donc que pour le perdre !)
& je le reconnais à ſes nouveaux ſenti-
mens-. Et elle me diſait ſans-ceſſe de
le ſolliciter pour la demander. Et quand
il la demanda, elle en-était d'une joie,
que je trouvai trop-grande, moi, pauvre
aveuglé, qui en-approuvais alors le motif !
Et elle ſe mourait d'envie d'aler à la Ville :
ſi-bien que huit jours après la première
Lettre où Edmond en-parlait, ſ'étant
préſenté un joli Garſon, fort-riche &
un-peu de nos Parens, qui ſ'ouvrit à
moi du deſſein qu'il avait de demander
Urſule, je lui en-fis la confidence à elle la
première : Mais comme elle ſavait que
ce Jeune-homme était aimé de notre
Père, & qu'il l'avait mainte-fois deſiré

pour Gendre, elle eut-peur qu'il ne fût écouté; c'eſt pourquoi, elle me pria, les mains-jointes, de n'en-dire mot chés nous, & de répondre au Garſon, qu'il n'y avait rien à-faire pour elle. Ce que je fis, par la grande envie que j'avais de la ſatiſfaire.

A-la fin, Edmond la demanda tout-de-bon, au nom d'une digne & reſpectable Femme: & jamais je n'ai vu d'auſſi grand contentement, que celui de cette pauvre Victime, qui alait là où le couteau de l'Affliction & le poignard du Malheur étaient levés ſur elle..... La propre nuit de ſon départ (car elle partit avant le jour), il me ſembla, durant mon ſommeil, que je la voyais garder nos Moutons, & qu'un grand Loup étant venu pour emporter la plus belle Brebis du troupeau, ma pauvre Sœur l'avait voulu empêcher, & qu'il l'avait emportée elle-même: & comme je courais après, pour la délivrer, le Loup fut

changé en Homme, & je vis Urfule le
careffer. Et j'avais-beau lui crier,
—Urfule! Urfule! c'eft un Loup-! elle
ne m'écoutait pas; jufqu'au moment où
étant redevenu Loup, il l'avait dévorée.
Je n'ai pas foi aux rêves; mais je rapporte
celui-là, à-cause de fa fingularité à pareil
jour.

Je n'en-dirai pas davantage : ce font
à-préfent les Lettres d'Urfule, qui vont
faire fon hiftoire.

PREMIERE LETTRE.
URSULE,
à ses PÈRE & MÈRE.

[Son arrivée à la Ville.]

16 octobre 1749.

Mon très-chèr Père & ma très-chère Mère :

Je vous écris ces lignes, pour vous présenter mes respects, & pour vous remercier de la bonté que vous avez eue de m'envoyer ici, où j'ai trouvé une Dame aimable & respectable, qui m'a prise en-amitié, & qui aime bien-aussi mon Frère Edmond, qui est un bon-cœur, & qui nous aime comme notre chère bonne Mère lui a recommandé de nous aimer, quand il serait à la Ville, & comme elle nous recommandait de songer à nous pousser tous les Uns les Autres, en-nous attirant où il serait, pour nous rendre service, & nous procurer ses Connaissances, quand il en-

aurait de bonnes ; auſſi fait-il , & je puis
bien dire que ce n'eſt pas à-cauſe de mon
petit mérite que l'aimable madame *Pa-*
rangon m'aime , mais à-cauſe d'Edmond , qui ſe fait aimer & bien-venir de
tout le monde par ſa douceur & ſes bon-
nes-façons ; dont je ſouhaite que vous
receviez le contentement & la joie , mon
très-chèr Père & ma très-chère Mère ,
que Dieu béniſſe , comme votre Fille
ſouhaite que vous lui donniez votre heureuſe bénédiction. Je vous dirai qu'il y
a ici une bonne Dame *Canon* , qui m'aime
bien auſſi , & qui eſt la tante de m.^me
Parangon , qui m'a miſe chés elle , où
je ſuis fort-bien , avec deux autres jeunes
Demoiſelles , en-attendant une Troiſième , que je deſire beaucoup , car c'eſt
m.^lle *Fanchette C*** , la ſœur de m.^me Parangon , qui eſt jeune , comme le ſait bien
ma bonne chère Mère , car je crois qu'elle
n'a que onze ans ; & c'eſt tant-mieux !
car les deux Demoiſelles d'ici ſont trop
ſpirituelles

spirituelles pour moi, & il me semble
que je ferai plus à mon aise, quand j'aurai la jolie petite demoiselle *Fanchette*,
pour causer ; car elle doit être bien-
jolie, si elle tient de sa Sœur, & bien-
bonne ! ce qui me fera d'autant plus-
agréable, que les deux Demoiselles, qui
se nomment m.^{lles} *Robin*, s'en-vont retourner chés leurs Parens, & que je n'aurai plus que la Nouvelle. Autre chose
ne vous puis mander, mon Frère vous
ayant écrit mon arrivée ici (1), & le

(1) Voyez, pour l'arrivée d'Ursule à la Ville,
la xme Figure & la XXIVme Lettre du PAY-
SAN, *T. Ier*, p. 104.
N.^a Ces renvois ne cádrent aucunement avec
la contrefaçon du Libraire Laporte, ni avec les
éditions de l'Auteur, mais avec une dernière con-
trafaçon qui porte derrière le Frontispice : Cette
édition est adaptée à LA PAYSANE PERVERTIE
du même Auteur.
Pour la commodité des Lecteurs de LA PAYSANE,
on a réüni les XI4 Figures, avec l'explication, à la suite
de la IVme Partie.

Tome I, I Partie.   C

pauvre petit frère Bertrand vous l'ayant
contée. Je suis avec une respectueuse
& filiale tendresse, très-chèr Père &
très-chère Mère ,

    Votre tendre & toute-obéissante Fille ,
          URSULE R**.

Je vous dirai, qu'après ma Lettre finie,
mon Frère est venu chés m.^{me} Canon,
& que j'ai entendu qu'il me demandait,
pour aler chés m.^{lle} *Manon Palestine*;
mais qu'on ne lui a pas accordé sa demande, & que nous alons partir avec
m.^{me} Parangon pour Seignelais, à deux
lieues d'ici, où nous resterons quelques jours, m.^{me} Canon y ayant affaire
pour vendre le reste du bien qu'elle y
possède, avant de se fixer à Paris.

II.de

12 novembre,

URSULE,
à M.me PARANGON.

[Elle est revenue au Village, & elle s'ennuie chés nous de la Ville.]

MADAME & très-respectable Amie ; JE prens la liberté de vous écrire, dans l'ennui que me laisse votre absence ; car envérité, il me semble, que du-depuis que je vous ai vue, ce ne soit plus ici chés nous, puisque je m'y ennuie, & m'y trouve étrangère ; mais que c'est où vous êtes qu'est mon pays : aussi suis-je bien-fâchée de cette vilaine avanture qu'on a fait arriver à mon Frère, & qui est cause qu'on m'a remmenée, & je vous prie bien-instamment, très-chère Madame, de me faire encore redemander ; si pourtant c'est votre bon-plaisir : mais envérité ce doit l'être, puisque je ne suis ici occupée que du souhait de

C 2

vous revoir & d'être auprès de vous.
Je voudrais favoir à-présent, ce que
penfe & ce que fait la m.^{lle} Manon ?
Elle a dû être bien-attrappée ! Je n'ai
parlé de rien ici, qu'à ma Bellefœur future *Fanchon*, qui eft prudente, &
qui fe comporte avec moi comme une
véritable amie ; & elle a été bien-étonnée
de tout ça ! & une chofe qui m'a furprife
de fa part, c'eft qu'elle a pris fon parti, de
m.^{lle} Manon je veux dire, d'après tout
ce que je lui ai conté, tantôt en-l'excu-
fant, & tantôt en-ne croyant pas ce
qu'il y avait de pis ; & elle m'a dit, qu'elle
aimerait mieux mourir que d'en-ouvrir
la bouche : car elle dit, qu'une pauvre
Fille eft déja affés à-plaindre d'avoir été
comme-ça attaquée par des Hommes fi
fins, qui ont le deffus d'elle, par leur âge
& leur expérience , & qu'il faudrait tout
entendre & tout voir pour la juger.
Mais moi, je fuis un-peu plus-rigoureufe,
je vous l'avoue, ma chère Madame, &

il n'y a expérience & finesse des Hommes
qui y tienne ; on voit bien quand ils
nous veulent attrapper, & ils ne nous at-
trapperaient pas , si nous n'avions un tant-
fait-peu envie d'être attrappées : ainsi je
pense au-sujet de m.^{lle} Manon, tout-
comme vous, Madame, & m.^{lle} *Tien-*
nette (1) ; mais je suis bien-aise que ma
Bellesœur pense comme elle pense,
parce-que mon Frère-aîné aura une bonne
femme, & c'est ce qu'il faut ici. Quant
à mon Frère Edmond , je crois qu'il ne
m'oublie pas auprès de vous , & qu'il
me rappelle à votre souvenir, toutes les
fois qu'il a le bonheur de vous parler à-
part. Il était jaloux de moi ; mais c'est
moi qui *la* suis de lui à-présent, qu'il
vous voit tous les jours, & que je ne vous
vois plus , & je lui en-voudrai, si je le

---

(1) La Flateuse ! elle commence déja à-parler
comme elle croit qu'on veut qu'elle parle.

Les Notes non-signées , ainsi que les titres des Lettres,
*sont de Pierre R**.*

C 3

puis, s'il n'emploie pas tout pour me r'a-
voir , & me donner à Celle que lui &
moi nous regardons, comme notre Pro-
sectrice. Qu'est-ce qu'on veut à-présent
que je fasse ici ? Envérité, j'y mourrais
plutôt fille , que de me voir faire la cour,
comme la font nos Patauds, même Ceux
qui veulent faire les Polis.

Comme vous m'aviez demandé une-fois
la manière de faire ici l'amour, il faut,
pendant que j'en ai le temps, que je vous
conte ça, ma chère Madame, quoiqu'on
ne me l'ait guère fait encore pour mon
compte : mais j'ai vu ça aux Filles du
Village, & quelquefois à mes deux
Sœurs-aînées. Pendant le jour, on ne
se dit rien ; mais cependant quand on se
rencontre, on se regarde avec un rire
niais, & on se dit, —Bonjou, Glau-
dine, ou Matron ? —Bonjou don,
Piarrot, ou Toumas, ou Jaquot-, repond
la Fille, en rougissant d'un air gauche,
& en-marchant de-travers, un-peu plus-

vîte qu'elle ne fesait auparavant. Mais
le beau, c'eſt le ſoir. A l'heure où ſor-
tent les Chauveſouris & les Chathuans,
les Grands-garſons après leur ſouper,
rôdent dans les rues, cherchant les
Filles : Je dis les *Grands-garſons*, parce-qu'on n'eſt ici grand-garſon qu'à vingt
ans paſſés ; & alors, on eſt accepté à-
payer la maitriſe au *Maître-garſon*, c'eſt-
à-dire le plus-âgé, ou le plus-ancien
paſſé-maître des Garſons ; elle eſt de vingt
ſous, qu'un Garſon eſt quelquefois un
an à amaſſer dans notre pays, tant l'argent y eſt rare ! Les Grands-garſons
raſſemblent pluſieurs maîtriſes, comme
trois ou quatre, & cela ſert à les régaler
un dimanche au-ſoir, & à donner une
danſe, au ſon du hautbois. Si un Garſon ſ'immiſçait de rôder avant l'âge de
vingt ans, pour chercher une Maitreſſe
le ſoir, ou avant d'avoir payé ſa maî-
triſe, les Grands-garſons portent chaqu'un leur houſſine, avec laquelle ils le

C 4

roſſeraient d'importance. Quant aux
Maîtres-garſons ils ont toute liberté ; ils
vont à toutes les portes , cherchant les
Filles , juſqu'à ce qu'ils aient trouvé une
Maîtreſſe : Et quant ils en-ont trouvé
Une, ils le déclarent au Maître-garſon , qui
en-donne avis aux Autres , en ces propres
termes : ,, Mes Amis , Jaquot *tel*, ou
,, Giles *tel*, va à Margot , Jeanne ou
,, Reine *telle* ; ainſi, au cas où Perſonne
,, n'aura jeté ſes vues ſur elle , il ne faut pas
,, le troubler ; mais le laiſſer tranquile ;
,, juſqu'à conclusion de mariage en-face
,, d'égliſe ,,. Les autres Garſons répon-
dent l'Un après l'Autre , & ſ'il y a ri-
valité, Celui qui eſt rival , le déclare. Le
Maître-garſon leur dit alors : ,, Mes
,, Amis, jalouſie ne vaut rien ; une Fille
,, eſt une Fille , & il y a plus d'une Fille
,, dans le Village , voire même dans les
,, autres Villages ; par-ainſi , je vous con-
,, ſeille de vous accorder , ou de tirer à la
,, courte-pâille , à Quî l'aura ,, ? Et

ordinairement les Garſons acceptent de
tirer, & tout eſt dit : mais ſ'ils perſiſtent
chaqu'un, alors le Maître-garſon ſe
borne à leur défendre les voies-de-fait,
ſous peine, pour l'Aggreſſeur, d'avoir
tous les Garſons ſur le corps, & d'être
roſſé. Et le Maître-garſon leur dit :
» Courez-en donc l'avanture, & que
» les Parens en-décident : mais quand
» ils auront décidé, ainſi que la Fille,
» j'entens que le Refuſé ſe retire ». Et
quand la Fille veut l'Un, & les Parens
l'Autre, les Grands - garſons ne ſe
mêlent pas de décider ; ils laiſſent faire
les deux Rivaux, en-défendant ſeulement les voies-de-fait. Mais tout-cela
eſt rare : Le plus-ſouvent, à-l'entrée
de l'hiver, les Garſons ſe partagent les
Filles, ſoit au ſort, ſoit en-choiſiſſant,
& Chaqu'un va tout l'hiver à Celle qui
lui eſt échue. Voila comme les Filles
ſont ici traitées ; elles n'ont ſeulement
pas la ſatiſſaction de recevoir Celui qui

leur plaîrait le mieux, & souvent il faut
qu'elles aient tout l'hiver à-côté d'elles,
à la veillée, ou devant la porte, quand
il fait clair-de-lune, un gros Pacant
qu'elles détestent. Il faut à-présent vous
dire, comme les Filles voient leur Galant, & ce qu'elles mettent du leur, en-
fesant l'amour. Les Garsons vont vers
la Fille, longtemps avant de parler aux
Parens, pour voir si elle leur plaîra, &
si ils lui plaîront. Pour cela ils rôdent
quelquefois des mois entiers autour de
la maison, avant de lui pouvoir parler.
On en-cause dans le pays, & la Fille
apprend que Piarrot ou Jaquot *tel* rôde
autour de la maison pour elle. Un-soir,
par curiosité pure, elle prend un prétexte
pour sortir, comme d'avoir oublié de
fermer le poulailler, l'écurie aux Vaches,
ou de leur avoir donné de la pâille pour
leur nuit, &c.² Les Parens n'en-sont
pas la dupe : Si le Garson leur convient, ils ne disent mot, & la Fille sort

Si aucontraire il ne leur agrée pas, la
Mère ou le Père se lève, repousse la
Fille sur sa chaise, ou sur sa selle, en-
lui disant, *Tîns te-là; j'y vas moi-*
même : & alors le Garson, ne voyant
pas sortir la Fille, prens le parti d'entrer
dans la maison, en-disant aux Parens,
V'lez - vous m'permette d'approcher de
vote Fille ? On ne le refuse jamais net :
on lui dit de s'asseoir. Il se met à-côté
d'elle, & on lui fait bonne ou mauvaise
mine, jusqu'à ce qu'il s'attire un refus,
conçu en ces termes : *Tîns-te - chés*
vous. Mais si on a laissé sortir la
Fille le soir, alors le Garson l'approche
en-câlinant : —*Où qu'vou alez donc,*
Jeanne ? —*Donner de la pâille à nos*
Vaches.. —*J'vas donc vou ainder ?*
—*Ça n'est pas de refus, Jaquot-.* Et il lui
aide. Elle sort ensuite tous les soirs, &
elle trouve toujours Jaquot. On s'assit
dans un coin obscur : La Fille ou file,
ou teille le chanvre, & alors le Garson lui

aide, & on cause. Les dimanches, on cause sans rien-faire, & c'est le jour où le Garson se hazarde d'embrasser : il est rare cependant que les Filles ne soient pas sages. Quand il commence à-faire froid, elle l'invite à entrer à la maison ; il accepte, si elle lui a plu ; car c'est un premier amour d'essai qu'ils ont là-fait jusqu'à ce moment. On fait ordinairement l'amour deux ou trois ans, & il n'est guère question de mariage le premier hiver (à-moins qu'il n'y ait milice), & les Parens de la Fille ne s'avisent guère de faire au Garson, la demande ordinaire, *Qu'est-qu'tu viens faire ici, Jaquot ?* que le second hiver de la fréquentation.

Quant à moi, ma chère Dame, je vous dirai, que même avant d'avoir eu le bonheur de vous voir à la Ville, je n'avais aucun goût pour cette manière de faire l'amour ; elle m'a toujours déplu, & je ne vous ai parlé de ça, que pour vous obéir, imaginant que si j'ai le bon-

heur de retourner auprès de vous, j'aurai
des choses plus - agréables à vous dire,
qui me feront inspirées par votre présence.
Il faut pourtant que je vous avoue un
petit secret, dans cette Lettre, qui est
sûre, & que Personne ne verra ici,
pas même mon Frère-aîné; car je ne la
montrerai qu'à Fanchon Berthier, qui
fera ma bellesœur. C'est que j'ai ici
un Amoureus que je ne faurais *fentir!*
Imaginez-vous un demi-Monfieu de Village, qui n'a des manchettes que pour
faire *fortir* d'avantage la noirceur de fes
mains brûlées par le foleil; qui dit des,
*Ce n'eft pát à moi tant d'honneur;   J'ai
diz à mon Père,* & autres femblables;
qui par la groffeur du corps, reffemble
à ces gros tilleuls qui font devant la porte
des églises, & dont l'enyelope eft auffi
groffière; voila mon Amoureus d'avant
que je partiffe; & ce qui me met encore
plûs en-colère contre Ça, c'est qu'on le
nomme ici un joli-garfon; mes Parens

eux-mêmes, & les Paysans le nomment
Monfieu, uniquement à-cause qu'il a
des manchettes. A mon retour ici,
ce *Monfieu* ayant ouï-dire, que c'était
pour y refter, il en-a montré une
groffe joie, qui me le fait encore plûs
déteſter. Le Manant! fe réjouir de
ce que je ne ferais pas avec vous! Oh!
je l'abhorre plûs que tout Homme au
monde..... Je ne vous aurais pas parlé
de Ça, fi je n'efpérais que cette raison
vous engajera; ma très-chère Dame,
à me demander plus-vîte. Vrai, ce
vilain Amoureus me paraît un de ces
Satyres, dont j'ai lu l'hiſtoire chés
vous, au-bas d'une Eſtampe. Mais
je laiffe ce fujet desagréable, pour
continuer à répondre à vos aimables
queſtions de bouche.

Vous m'avez auffi demandé, Quels
étaient les goûts que j'avais dans ma jeuneffe, & mes occupations, mon caractère, & comme j'en-agiffais avec mes

Frères & Sœurs, sur-tout avec Edmond?
Je vais, si je puis, répondre à tout ça,
pour avoir le plaisir de vous écrire plus-
longtemps; car il me semble que je vous
parle, en vous écrivant; & j'ai eu si
peu le temps de vous parler à Au**,
que je n'ai pu vous répondre à la moitié
des choses. Je vous dirai donc, que
mes goûts ont toujours été audessus
de ceux de nos Paysanes; je n'aimais
pas trop, ni leur mise, ni leurs
occupations, & je sentais audedans de
moi-même, que j'avais du goût pour
quelque-chose de plus-distingué, dont
pourtant je n'avais auqu'une connaissance.
Mais jusque-là, qu'un-jour, mon
Frère Edmond m'ayant dit, qu'il avait
rêvé, que mon Père n'était pas son Père,
mais qu'il était fils d'un Duc, qui l'avait
mis chés nous en-pension, en-disant:
—Gardez-moi ce Fils, sans lui apprendre
ce qu'il est, & je viendrai le chercher
un-jour-; Edmond, disais-je, m'ayant

conté ce rêve, moi, je le crus, & je m'attendais tous les jours qu'un Duc viendrait chercher notre Edmond, pour l'emmener dans un carroſſe : Et je lui fesais bien ma cour ; ce qui ne m'était pas difficile, attendu qu'avant ſon rêve, je l'aimais déja le mieux de tous mes Frères & Sœurs. Cela me trotait ſi-bien dans la tête, que je fis auſſi à mon tour le même rêve : Il me ſembla qu'une Marquise venait me prendre, & qu'elle donnait à mon Père & à ma Mère tout-plein, tout plein d'argent, en leur disant : —Tenez, voila pour avoir élevé ma Fille, & l'avoir rendue ſi gentille-. Et j'étais bien - contente de m'en-aler avec elle ; & elle me disait : —Tu ſeras un-jour marquise comme moi, & non une Paysane ! viens, viens à mon château, où tu auras de beaux habits, de beau linge-...⁕ Je m'éveillai de joie, & je courus, dès que je fus levée, conter mon rêve à mon Frère Edmond, qui me dit : —Dame !
fais-tu

fais-tu que ça pourrait bien être ? Tiens, regarde, comme nous fommes plus jolis qu'eux-tous, toi & moi-? Nous avions alors, lui treize ans, & moi dix. Quant à-l'égard de mes occupations, je les choififais toujours à la chambre, & non à la campagne comme mon Aînée; j'aimais tous les jolis ouvrages d'aigüille, comme à-préfent. Mon caractère a toujours été doux; mais j'aimais un-peu à commander, avant d'être tout-à-fait raifonnable: à-préfent, ce que je préfèrerais, ça ferait de vous obéir: je fuis un-peu vive, fière, orgueilleufe; j'aimerais à-paraître, à-être riche ... mais je crais que je l'ai déja dit, en-parlant de mes goûts. J'ai toujours tendrement aimé mes Frères & mes Sœurs; mais principalement Edmond, & toute mon envie, fi jamais je fesais mon chemin, ça ferait de leur être utile, & d'avoir la gloire, que mon Père & ma Mère diffent le foir aux veillées, quand ils caufent entr'eux

Tome I, I Partie.   D

devant toute leur Famille : —C'eſt
pourtant notre fille Urſule, qui procure
telle & telle choſe à ſon Frère, à ſa
Sœur-! Il me ſemble que je ſerais bien-
glorieuſe, ſi on diſait ça de moi, comme
je l'ai entendu dire de vous, Madame, au
ſujet d'Edmond & au mien. C'eſt ſur-
tout à Edmond que je voudrais être pro-
fitable, quoique je ne ſache pas trop
comment ça pourrait être. Je voudrais
bien auſſi l'être à ma future Belleſœur
Fanchon: car vous ne ſauriez croire,
Madame, comme c'eſt une Jolie-fille !
je crois pourtant que vous l'avez vue au
voyage à Au**; car elle y était, comme
vous ſavez. Nous ſommes amies dès
l'enfance; car outre qu'il a toujours été dit
qu'elle ferait ma Belleſœur, c'eſt qu'elle
eſt la plus-jolie de tout le pays, & que
je me trouvais plus-honorée d'être avec
elle, qu'avec toutes les autres Filles.
Et elle m'aimait-bien auſſi, ainſi que
mon Frère Edmond, & je crois que ſi

Edmond avait été l'aîné, pour rester au
Village, elle n'en-aurait pas été fâchée :
car Pierre eft par-trop-férieus. Mais
c'eft pourtant un bon-humain', quoique
n'ayant pas cette aimable façon d'Edmond.
Et une fois, que j'ai écrit ici en-cachette
de tout le monde à Edmond, pour qu'il
me fît venir à la Ville, c'eft Fanchon
qui a porté ma Lettre à la pofte à V***;
& quand Edmond eft venu, elle lui a
redemandé ma Lettre, depeur qu'elle ne
fût trouvée. Je ne fais pas fi vous l'avez
lue, Madame; car elle était bien-fimple!
mais je ne favais pas encore trop-bien
écrire (1). Dans tous nos jeux & dans
tous nos amufemens, j'ai toujours préféré Fanchon à mes propres Sœurs. C'eft
qu'elle eft fi aimable, fi complaifante !
Et-puis nous-nous difions tous nos petits

---

(1) Elle ne f'eft pas retrouvée ; fans-doute
parce-qu'elle était trop-fimple, & que Fanchon
l'aura brûlée.

D 2

fecrets. Par-exemple, à-présent, elle m'avoue, que Pierre notre Aîné lui infpire du refpect, & qu'elle a plûs de confiance en-lui, qu'elle n'en-aurait eu en-Edmond, quoiqu'elle eût peut-être eût plûs d'*amitié* pour le Dernier. De mon côté, je vais toujours lui contant mes affaires & toutes mes penfées, & que je ne m'écarterai jamais de la crainte de Dieu à la Ville, fous votre bonne pro-tection, Madame.

Mais voila une bien longue Lettre! & mon papier eft fini. Je ceffe donc, pour vous dire, que j'ai l'honneur d'être avec le plus grand refpect, Madame,

Votre, &c.ª

IIIme

9 octobre.

Mme PARANGON, au PÈRE R**.

[Elle redemande Ursule, & nous fait la déclaration de la tromperie qu'on a faite à Edmond.

JE félicite ma bonne-amie Ursule d'être retournée auprès de vous, Monsieur & Madame: elle ne saurait être mieux. Cependant, Elle m'est si chère, & je m'y étais déja tellement attachée, que j'espère que vous me la rendrez bientôt: car je ne renoncerais pas volontiers au plaisir que sa société m'a procuré pendant le séjour qu'elle a fait ici. Mais j'ai été charmée qu'elle vous accompagnât, pour suppléer aux détails, que je ne pouvais vous faire, & dans lesquels je ne me hasarderai jamais d'entrer par Lettre: tout ce que je puis vous dire, c'est que si j'ai fait manquer le mariage d'Edmond avec ma Cousine, c'est que je n'ai pas

cru qu'il fût honorable pour lui, ni
même avantageus pour elle, dans fa pofi-
tion. Elle a eu le malheur, finon de
manquer de fageffe, aumoins de manquer
de courage, ou de bonheur, en fe laif-
fant tromper par un Homme, qui fans-
doute a employé des moyens audeffus
des forces & des lumières d'une Jeune-
fille : car ma Cousine eft honnête, &
je l'ai connue très-eftimable. On ne
change pas ainfi de caractère, ni auffi
promptement, & on ne fe laifferait pas
féduire par un Homme-marié, fi ce
Dernier n'employait qu'une féduction
ordinaire. Mais tout en-excusant ma
pauvre Cousine, autant que je le dois, je
n'ai pu fouffrir qu'on trompât un Jeune-
Homme, qui a droit à la protection de
Ceux qui l'ont attiré chés eux ; & je me
ferais crue très-coupable, fi je ne l'avais
pas empêché, le pouvant. Je vous prie
inftamment, Monfieur & Madame, de
garder le filence fur cette malheureufe

avanture, & de me croire, avec tous les fentimens que vous méritez,

Votre, &c.ᵃ

COLETTE C**, f.ᵐᵉ Parangon.

P.-ſ. J'attens votre Urſule, & la mienne, le plutôt poſſible : faites-moi ce plaisir ; j'en-ferai reconnaiſſante.

A URSULE.

J'eſpère que ton Père voudra bien te lire ces deux lignes :

Je desire beaucoup ma bonne-amie Urſule, & je la prie de compter ſur moi tant que je vivrai.

I VME   23 décembre.

U R S U L E,
à FANCHON BERTHIER.

[Elle est retournée à la Ville, & commence à laisser voir un-peu de goût mondain.]

Ma chère Bonne-amie ;

Nous-nous félicitons, mon Frère Edmond & moi, du bonheur dont va jouir notre cher Aîné, en-t'obtenant pour Femme : Tu étais déja notre Sœur par l'affection, & de-plûs mon Amie dès l'enfance, à moi ; je ne puis donc que bénir un mariage, qui va resserrer les nœuds qui nous unissaient, & donner à l'Aîné de notre Famille une Compagne, telle que le fut pour notre bon Père, Barbe De-Bertro. Ma chère Bonne-amie ! tu vas avoir, de ton côté, un bon Mari ! Pierre est un garçon sage, craignant Dieu, n'ayant ni dans ses discours, ni dans ses actions, ni je crois dans ses plus secrettes pensées,

auqu'une

auqu'une idée puérile & frivole : tu es
férieufe, raifonnable, aimant l'occupation ; vous ferez bien-affortis. Mais,
chère Sœur, & c'eft l'avis de m.^{me} Parangon, ne néglige pas un-peu de coquetterie dans ta mife, quand tu feras
mariée ; les Femmes de chés nous l'a-
bandonnent trop-vîte ! Tu es fi jolie,
comme tu te mets ! ne pourras-tu continuer !... c'eft la fincère amitié que je te
porte, qui me fait te parler comme ça,
& auffi librement, defirant que tu fois
toujours autant aimée, chérie & defirée
de ton Mari, que tu l'es à-préfent, dumoins tant que la jeuneffe durera ; & il
y a loin d'ici qu'elle ceffe, Dieu-merci !
Je regarde ici, que m.^{me} Parangon eft
mife comme fi elle était fille ; c'eft une
propreté, un foin !... & ça fait beaucoup,
chère Sœur : car enfin, fi une Femme eft
négligée dans fes habits & le foin d'elle-
même, tout le monde la laiffe-là ; aulieu
que Celle qui eft plaifante, agréable,

comme m.^me Parangon, porte la vie & la joie par-tout où elle daigne se montrer. Je te dirai que cette jolie Dame me paraît très-bien disposée pour mon Frère & pour moi, mieux que je ne saurais te l'écrire ; mais je te dirai ça de bouche, à notre entrevue prochaine ; car enfin, elle est prochaine, cette fête tant desirée !... Je te dirai aussi, que j'ai vu m.^lle Manon, sans qu'elle me vît : C'est en-vérité une jolie Fille ! quel dommage (1) !... Mon Frère la regardait, sans savoir que je l'examinais : je ne l'en-crois pas si dégoûté qu'on croirait bien, & que m.^me Parangon le pense ; car il la regardait, ce me semble, avec bien du plaisir ! Je ne sais pas, mais cette Fille-là est très-aimable, & si j'étais garçon, il me semble qu'une figure comme-ça me ferait oublier bien des choses !... Mais je suis femme, & les

---

(1) Ces points, & toute la ponctuation, ont été mis par le *Lecteur d'épreuves.*

Hommes ne font pas fi indulgens pour
nous. Quant à m.me Parangon, elle a,
je crois, des vues fort-avantageuses pour
mon Frère, & je lui ai entendu parler
de fa jeune Sœur, qui doit venir ici,
comme fi elle penfait à lui pour elle,
Mais m.lle Fanchette eft bien-jeune !...
fi c'était l'Aînée, qui fût encore fille....
J'ai l'autre jour lâché ce mot-là devant
Edmond. Oh ! fi tu avais vus fes ieux !
ils auraient mis le feu à de l'amadoue,
comme ils ont brillé. Le Gaillard !
il lui en-faudrait !... Mais pour revenir,
la petite m.lle Fanchette C** eft bien-
jeune, & l'Aînée eft bien-belle ! & m.lle
Manon eft bien-*piquante*, comme on dit
ici ; je fens que mon Frère (qui eft auffi
le tien), doit-être bien-embarraffé ! &
envérité, je crois qu'il ne l'eft pas
pour un-peu, ma chère Fanchon ! &
plûs je l'étudie, & plûs je crois qu'il
l'eft, & qu'il doit l'être. Je m'en-
fuis fouvent aperçue, & fur-tout hièr,

E 2

qu'il vit paffer m.^lle Manon, & qu'un
petit moment après il regarda m.^me Parangon, qui defcendit vers nous; dans
un inftant où elle tournait le dos, il
porta fa main à fon front, avec un regard! un gefte!... comme f'il avait dit,
Oh! que ne puis-je!... Dumoins voila
comme j'entendais ça...

 Je te dirai auffi, pour ne te rien cacher,
qu'un de ces jours, comme j'alais dans la
chambre de m.^me Parangon *; j'y ai trouvé
fon Mari, aulieu d'elle : j'en ai véritable-
ment eu peur, & j'ai fait un *ah!* de frayeur :
Il f'eft mis à rire, & m'a dit: ——Ah, ah,
vous avez peur de moi! je ne vous aurais
pas embraffée, mais vous le ferez pour
vous apprendre—.... Oh! comme il embraffe! quel Homme! je l'aurais battu,
fi je l'avais ofé. La pauvre Manon!
comme elle a dû fouffrir avec cet Homme-
là! car envérité il eft impoffible qu'on
l'aime; il a des ieux, des façons....
Auffi fa Femme ne l'aime-t-elle guère,

* Sujet
de la
IIIme
Eftampe.

& je ferais tout-comme elle , fi j'étais à
fa place ; depuis ce qu'il m'a fait , je ne
faurais plus le *fentir*....

Comme je babille! Adieu, & à te
voir, petite Sœur! Je ne montrerai
cette Lettre à Perfonne d'ici; c'eft bon
pour d'autres, où je n'aurai pas été fi
fincère. Ta bien bonne-amie, & Sœur

URSULE R**.

Mes Enfans: vous voyez comme cettë pauvre
Sœur commence d'être légère; & comme fa têtë
eft déja remplie de mondanités! Hélas! c'eft
ainfi que la perverfion commence toujours à la
Ville; excufable d'abord, à ce qu'on croit;
mais alant rapidement au dernier période.

Vme 5 mars 1750.

URSULE,
à FANCHON, *fa bellefœur.*

[Elle commence à pénétrer bien des choses!]

JE fais, chère petite Sœur, que mon
Frère d'ici écrit à ton Mari, & je profite de l'occasion, qui eft fûre, pour
qu'on te remette ma Lettre en-main-
propre, & qu'elle ne foit vue que de Quî
tu voudras. Eh-bien, ma chère Fanchon? ce que je fentais dans mon cœur,
Edmond le fentait auffi, & Manon était
fa femme, que nous ne nous en-dou-
tions pas plûs ici que chés nous! Tout
cela f'eft fait par m.^r *Gaudét*, que tu
connais, & cela f'eft arrangé le plus-
fingulièrement du monde! Heureufement que nos chèrs-bons Parens ont confenti à ratifier; & ils ont bien-fait, pour
éviter le fcandale : car qu'aurait-on fait à
mon Frère d'ici? beaucoup de peine!
Mme Parangon, la plus aimable des Fem-

mes, a pris la chose on ne peut mieux :
mais que dirait Edmond, s'il se doutait
seulement combien elle verse des larmes,
dont elle me donné à moi (& peut-être
à elle-même), une toute autre cause,
que celle que je sais? Car enfin, elle
avait fait venir ici m.^{lle} Fanchette, pour
amuser mon Frère d'une petite amourette,
en-attendant les grandes amours : & elle
me disait à moi, mais bien en-secret :
—Fanchette est jeune; mais je la rem-
placerai quelques années, par mes attentions pour son petit Mari, & ensuite elle
le charmera par elle-même-. C'est une
grande bonté ! mais je crois que la chère
Dame s'attacherait à Edmond plûs qu'elle
ne le voudrait, s'il n'y avait pas des em-
pêchemens. Aussi, on ne peut rien voir
en Garson, qui vaille notre Edmond, pas
même ici : De jour-en-jour il devient
plus-aimable, & le mariage ne lui a pas
du-tout nui. Cependant je ne comprens
rien à sa façon d'être & d'agir ! Car il

E 4

aime m.ᵐᵉ Parangon, au-point que souvent
je l'en-aurais cru amoureus, si cela avait
été possible, après en-avoir épousé Une-
autre, tant il marquait d'émotion en la
voyant ! mais son mariage m'en-ôte toute
idée, & la reconcilation de m.ᵐᵉ Parangon avec sa Cousine, qu'il a faite ce jours-
ci (1), me tranquilise au sujet de m.ᵐᵉ Parangon ; quoiqu'envérité, je crois que je
l'aurais excusé, si ce n'est pourtant l'offense
de Dieu. . Mais son Mari (2)..... Dieu
le bénisse ! sans être laid, car il est bel-
homme aucontraire, il n'est guère aimable.
Enfin, voila notre Edmond marié :
sa Femme est tous les jours avec nous ;
& envérité il n'y a que m.ᵐᵉ Parangon

(1) Voyez la xx.ᵐᵉ Figure du PAYSAN,
XLVIII.ᵐᵉ Lettre, p. 232.

(2) Cela n'est pas clair : Elle veut dire, que
m.ᵐᵉ Parangon est si aimable, qu'elle aurait excusé
son Frère de l'aimer : mais que m.ʳ Parangon,
l'est si-peu, quoique bel-homme, qu'elle ne sait
si elle doit excuser Manon.

qui foit plus aimable qu'elle. Oh! fi tu
voyais que de jolis petites mignardises elle
me fait! J'en-avais vu faire à m.me Parangon; mais ce n'était rien, comparé à
ce que je vois, depuis que fa Cousine eft
avec nous, & qu'elle lui en-fait! m.me
Parangon lui en-fait auffi, ainfi qu'à nous,
& mieux, je crois, que notre Bellefœur:
c'eft charmant, & je m'y accoutume avec
elles, fur-tout avec m.lle Fanchette,
qui eft une aimable Enfant, & qui m'aime
bien. M.me Canon ne goûterait pas trop
tout-ça; mais nous reservons toutes ces
jolies-choses, pour quand nous ne
fommes que nous chés m.me Parangon,
où nous paffons la moitié du temps;
ce qui eft heureus! car m.me Canon eft
tanante.

Je te dirai, ma chère Sœur, que c'eft
l'Épouse d'Edmond qui règle à-présent
ma mise, & je ne fuis ni plûs ni moins
qu'elle; ce qui me va, à ce qu'on dit.
Je fuis beaucoup blanchie, mais à un-

point que je n'aurais pas espéré ; car je suis brune, & fort-brune, aumoins par les cheveus : mais la Ville m'a donné une blancheur de peau, qui ne me rend pas reconnaissable, au prix de ce que j'étais. Manon me témoigne bien de l'amitié ! elle me dit quelquefois : ——Vous êtes la Sœur bien-aimée de mon Mari ; vous le remplacez quand il est absent ; je crois, d'ailleurs, par votre ressemblance, le voir en fille à-côté de moi-... Je porte à-présent des souliers & des mules, où envérité je n'aurais pas cru pouvoir mettre le bout du pié en-arrivant ici ; il faut que les miens s'y soient rappetissés, & j'en-suis vraiment étonnée ! On me fait des complimens de tout ça, & m.^me Pa-rangon la première. C'est ce qui fait que je passe d'agréables momens du matin au soir, à n'entendre que des choses grâ-cieuses & qui font plaisir. Je te dirai, que je crois que ma petite figure a fait ici quelqu'impression sur des Gens assés *comme-il-faut :* on ne se doute pas que je

m'en-doute; & en-effet, je me comporte
comme si je ne m'en-doutais pas; car
une Fille raisonnable doit ignorer ou paraître ignorer ces choses-là : Et-puis,
j'ai ici de bons Amis & de bonnes-Amies;
mon Frère, m.^r Loiseau, ma bonne &
chère Protectrice, ma Sœur Edmond,
& Tiennette, qui est bien demoiselle,
& charmante, comme tu le verras dans
la Lettre de notre chèr Frère à ton
Mari (1); toutes ces chères Persones-là
s'aperçoivent pour moi de tout ce qu'il
faut voir. Les Hommes me paraissent
aimables ici : aulieu que chés nous, leur
rudesse me les rendait odieus, & c'était
sincèrement que je les fuyais. Je n'aurais pourtant pas haï ton Frère, s'il eût
vécu : aussi, je ne sais qu'Edmond, qui
lui fût comparable, pour la douceur de
la figure.... Je te conte tous mes petits
secrets, chère Sœur, & je ne te déguise

_____

(1) C'est la XLIXme du PAYSAN p. 240,
& suiv.

rien : car je t'aime de tout mon cœur, &
je ne veux pas avoir une penſée qui te
ſoit cachée.   J'embraſſe nos chères
Sœurs , & deux fois Chriſtine, qui m'a
toujours la plûs-aimée.   Tu diras un-mot
de ma Lettre à notre bonne Mère ,
& que je n'oublie pas le reſpect que
je dois à notre bon Père , dont ton
Mari eſt le Lieutenant.   Je t'embraſſe
mille-fois.

URSULE R**.

P.-ſ. Mon Frère m'a parlé de me mettre,
pour la conſcience, entre les mains
du Père , ſon Ami : j'y ferais aſſés
portée ; c'eſt un aimable Homme ;
mais trop peut-être pour une Jeune-
fille. Je conſulterai m.ᵐᵉ Parangon
là-deſſus.

V I.me

10 mars.

Réponse.

[Ma Femme lui remontre doucement,
d'après mes conseils.]

MA très-chère & très-aimée Sœur:
Je vous écris avec bien du plaisir; car
quand on aime comme je vous fais, au-
défaut de la conversation, on aime à s'entretenir muettement avec les Personnes
qui nous sont chères, & qu'on a tant &
si longtemps chéries, qu'elles ne peuvent
par absence, comme elles ne le pourraient
par torts, s'effacer de notre souvenir:
Tant-s'en faut que ça soit avec vous, chère
Sœur, qu'aucontraire vous m'êtes, je
crois, d'autant plus présente, en-raison de
ce que votre absence me prive du plaisir
de voir en-vous ma plus chère Amie, & de-
plûs la Sœur du digne Pierre R ** mon
Mari, lequel a vu votre Lettre: &
comme je vous dois la sincérité autant

que l'amitié, chère Sœur, je vous dirai
que votre Frère-aîné, en-la lisant, a par-
trois ou quatre-fois froncé le fourcil : &
fur ce que je lui ai demandé, ce qu'il
y reprenait, il m'a répondu : —Ce
n'eft que légèreté : Urfule eft légère,
& ce font les Deux plus-légers de chés
nous qu'on a envoyés à la Ville, & les
plus-beaux ; comme auffi les meilleurs-
cœurs : Dieu les préserve ! car je fuis
quelquefois en-tranfe rapport à eux :
Et je vous en-prie, ma chère Femme,
en-vertu de l'affection que vous me portez,
& de celle que vous avez toujours eue
pour le chèr Edmond & la très-chère
Urfule, de leur écrire du fond de votre
bon cœur (car votre Frère ne me dit jamais
que des choses honorables), des difcours
qui leur rappèlent nos années premières ;
& fi mal arrivait, je fens que ce reffou-
venir me ferait fondre en-larmes, & il
les y fera fondre auffi ; car leur cœur bon
& tendre eft facile à toucher-. Je n'ai

rien retranché de ſon diſcours, ma chère
Sœur, pas tant-ſeulement une ſyllabe,
& pendant que le voila qui lit le Prophète
Jérémie, je vous écris. Chère & bonne
Sœur, ce mariage du chèr Edmond,
& la manière, nous ont bien-ſurpris ici !
Mais la volonté de Dieu ſoit faite, &
ce qui eſt fait & approuvé de nos bons
Père & Mère, arrête & clos notre jugement; car la voix de Dieu parle par
leur bouche : c'eſt ce qui fait qu'auſſitôt
que nous avons ſu leur approbation, mon
Mari, & moi-même, nous avons fait
une Lettre (1) au nom de nos bons Père &
Mère, pour donner toute ſatiſfaction au
chèr & bien-aimé Frère & à ſa Femme
(que Dieu le veuille rendre heureus par
elle, & elle heureuse par lui !) & les
inviter à venir paſſer ici les fêtes de
pâques, & quelque-temps avec : & je
vous puis aſſurer, que je marquerai à la

(1) La L.me du PAYSAN, p. 244.

Femme du chèr Frère, tous les sentimens d'une bonne Sœur, & tels que je les dois à la Femme d'Edmond. Quant à ce qui est de vous personnellement, très-chère Sœur, que ne puis-je avoir le bonheur de vous revoir aussi! En-bonne-vérité! si quand vous arriverez, je vous trouve un petit air émerillonné, comme quand vous êtes ici revenue avec nous, vous n'avez pas sitôt passé deux-jours dans cette maison paternelle, que vous reprenez votre air de bonté naïve, qui vous va si bien & vous rend si jolie, que ce n'est rien de le dire, il faut le voir! Oh! ma chère Sœur! je ne sais pas si vous gâgnez à la blancheur de la Ville, mais je sais bien qu'ici, avec votre œil modeste, votre grande paupière baissée, votre parler doux & timide, votre action retenue, votre marche posée, & pourtant si grâcieuse & si vive, vous étiez, & êtes encore, un des plus agréables Objets que le Bondieu ait mis

sur

fur la terre, pour donner à Ceux qui vous voient une idée de la gentilleſſe & de la beauté de ſes Créatures. Vous reſſouvenez-vous, chère Sœur, de ce jour, que nous étions, quatre de vos autres Sœurs, vous & moi, ſur le che- min de Vermanton, nous-en-revenant de la vigne du *Vaurainin*, & que nous fumes rencontrées par ce bon Vieillard de cent ans, qui avait connu votre bon Père tout petit-garſon (1)? Il ne nous con- naiſſait pas! & pourtant il ſ'arrêta pour nous regarder toutes, & il dit*: —Je ne ſais pas! mais il ſemble que ces traits-là de viſage ne me ſont pas étran- gers, & ſi pourtant je ne les ai jamais vus? mais je m'en-rappelle de pareils, qui floriſſaient il y a ſoixante ans, dans Magdelon R**, la plus-ſéante & la

* Sujet de la I.re Eſtampe, qui ſerz de fron- tiſpice.

(1) Il ſe nommait le Père *Brasdargent*: Il avait centſix ans lorſqu'il eſt mort. C'eſt le même dont il eſt parlé dans *la Vie de mon Père*.

Tome I, I Partie. F

meilleure, comme la plus - jolie des
Filles de *Nitrj* (& c'était votre bonne
Tante aînée de votre Père): je gajerais
que voila fa Nièce ? (vous montrant.)
Oh! que vous avez de gentilleffe, aimable & revenante Fille! & je crois
bien que vous avez l'âme de Celle que
vous représentez; qui était fi bonne,
fi douce, fi pieuse, fi parfaite en-mo-
deftie & retenue, que le Pafteur l'en-a
citée, à l'honneur & gloire de Dieu &
de fes Parens : oui, voila fa modeftie,
& fon regard gracieusement baiffé. Dieu
vous béniffe, belle & modefte Fille,
dont la vue réjouit & enlève l'âme vers
le Bondieu : foignez bien cette belle &
grâcieuse image, qu'il a mise dans votre
agréable tête, pour la faire fervir à fa
gloire, & au bonheur d'Un de fes Enfans, qu'il vous garde en fa toute-bonté :
car il fe complaît dans fi joli Chéfd'œuvre
de fes divines mains–. Et il vous donna
fa bénédiction, que Dieu veuille ratifier.

Vous étiez un-peu brune pourtant, & si vous voyez que vous n'en-étiez pas moins-agréable. Quant à vos Sœurs, il les loua toutes, & les reconnut, mais il les loua moins que vous; & il voulut bien faire à moi quelqu'attention, dont je conserverai toute ma vie le souvenir : car il avait aussi connu mon Père tout-enfant. Quant à ce qui est de votre parure, encore que mon Mari ait froncé le sourcil à cet endroit, si est-ce que je pense qu'il faut que vous soyiez comme on est à la Ville, & je crois que mon Mari, votre Frère, n'a repris, par son air, que le ton avec lequel vous en-parlez. Pardon, chère Sœur, si je vous parle moi-même avec tant de liberté! mais voila des choses qui sont moins de moi, que de votre digne Frère, & même de votre bonne Mère, qui toute-indulgente qu'elle est, a pourtant quelques craintes pour vous. Mais à tout-prendre, dans ce que vous m'é-

F 2

crivez, nos chèrs Parens font heureus
de n'avoir que de fi petits fujets de
remontrances ; & moi, à-part, j'en-
félicite leurs bons & tendres cœurs.
Quant à ce qui eft des Partis , c'eft-là
le point important , & mon Mari a encore
froncé là le fourcil ; mais votre bonne
Mère en a treffauté d'aise ; & elle m'a dit :
—Fanchon, ma chère fille & bru, je
n'ai auqu'une inquiétude, quoique votre
Mari en-ait ; car d'abord, je connais
Urfule, comme elle eft bien-craignant
Dieu ; & enfuite je fais en quelles mains
qu'elle eft, & que c'eft dans celles de
la Sageffe même : & quant à ce qui eft
de fa nouvelle Bellefœur, tout-un-
chaqu'un en-dit du bien à ç't'heure ; par-
ainfi, ma chère Fille , Dieu lui pardon-
nera, & elle fera une bonne-femme,
incapable de mauvais-exemple ; &-puis
Urfule eft prévenue : Que je ferais
joyeuse, de voir Quelqu'un de mes
pauvres Enfans, filles & garfons, bien-

établis à la Ville, pour, en-cas d'affaires ici, avoir Quelqu'un à nous, & à tous Vous-autres, qui nous ferve & nous recommande! car les pauvres Villageois fans Connaiffances font bien-mal-menés–! Vous voyez, chère Sœur, comme elle penfe, & c'eft d'après ces vues, bien d'une bonne Mère, qu'il faut envisager tout établiffement & toute inclination. En voila bien, ma chère-aimée Sœur ! & je ne veux pas finir en *vous* avec toi, ma très-chère Urfule, que j'aime fi tendrement. Je t'embraffe, & te fouhaite, outre mille & mille biens, le fouvenir de ton attachée à jamais fans diminution,

FANCHON BERTHIER,
f.e de Pierre R**.

V I I.ᴹᴱ   19 avril.

La Même, à la Même.

[Fanchon lui raconte la réception de Manon
à la maison paternelle.]

JE profite de l'occasion de la chère Sœur
Manon, que voila qui s'en-retourne
avec son Mari, qui l'est venu chercher,
comme tu fais, ma chère bonne-amie
Urfule, pour t'écrire quelques mots,
& te conter tout ce qui s'est passé ici à
cette visite. Et d'abord, je te dirai,
ma Fille, qu'on est ici dans la joie
d'autant-plûs, qu'on n'attendait pas cette
visite sans quelque crainte, & même sans
quelque répugnance: mais il le falait,
& on aurait voulu en-être quittes.

Le premier jour, lorsque la sœur Manon
arriva, avec son Mari, l'on était dans
un remuement qui ressemblait à celui que
cause la visite des Gabeliers: Voila
Edmond qui entre, & qui de la porte,
apercevant notre digne Père, s'incline,

&-puis relève les ieux avec crainte, & comme attendant un mot. Ce mot eſt venu : —Mon Fils, où eſt votre Femme-? Auſſitôt Edmond ſ'eſt jeté ſur la main de ſon Père, & l'a baisée; puis notre bonne & excellente Mère l'a embraſſé la larme à l'œil. Enſuite, toujours ſans dire un autre mot, que *Mon Père ! ma Mère !* il eſt alé chercher ſa Femme, que mon Mari & moi recevions de nôtre mieux, & ſans nous parler, il l'a menée par la main. Et dès qu'elle a été ſur le ſeuil de la porte, avec cette grâce que tu lui ſais, que ſa rougeur & une petite honte augmentaient, nôtre reſpectable Père n'a pu tenir à ça; il eſt venu lui-même juſqu'à elle, & elle ſ'eſt gliſſée à ſes genous, lui prenant & baisant la main : mais le digne Homme l'a bien-vite relevée, en-lui diſant, —Aſſéyons-nous, ma Fille-. Et notre bonne Mère l'a embraſſée. Et voila que Manon a commencé à parler : & c'était

un charme que de l'entendre ! tous nos
Frères & Sœurs rangés debout autour
d'elle fesaient un rond, & on l'écoutait
avec admiration : Elle a dit mille res-
pectueuses choses à notre Père & à notre
Mère, touchant par-ci-par-là quelque-
chose de fa faute, d'un air qui la fesait
fi bien excuser, que j'ai vu l'heure où
notre tout-bon Père alait lui demander
pardon des idées qu'il avait eues ; car il
avait la larme à l'œil, ainfi que notre
bonne Mère. Et voila que lui-même a
commencé à lui dire des choses grâcieuses,
& à appeler Edmond fon Fils avec plûs
de complaisance, fans pourtant le tutoyer ; & ce n'eft que quand tout ça a
été fait, que la chère Sœur Manon
f'eft mife à nous faire fes préfens, commençant par notre honorable Père, notre
bonne Mère, mon Mari, moi, & nos
Frères & Sœurs, fuivant le degré d'âge,
& tout cela fi bien & fi heureufement
choifi, qu'il femblait que ce fût ce que
Chaqu'un

Chaqu'un aurait desiré : il eſt vrai qu'Edmond lui aura aidé à deviner, car il ſait
nos penſées comme nous-mêmes ; & elle
donnait ça avec une grâce & des paroles
ſi obligeantes, que notre honorable Père,
qui eſt tout-ſenſibilité, n'a pu y tenir ;
il ſ'eſt levé, & il a été cacher quelques
vénérables larmes qui ſ'écoulaient de ſes
ieux, en-dépit de lui ; & il n'y a ſorte
de careſſes qu'il n'ait enſuite faites à
Edmond, juſqu'à l'appeler ſon chèr Fils,
ce qui n'était pas encore arrivé : & mon
Mari même en-a été traité comme jamais
il ne le fut ; car le digne Vieillard le
voyant tenir Edmond embraſſé par le
corps, & cauſant ainſi avec lui, il eſt
venu au-milieu d'eux, & a dit à ſon
Aîné : —Pierre, vous portez le nom
de mon honorable Père, & votre Frère
porte le mien : mes Fils, ceci vous
preſcrit la conduite à tenir : Pierre,
aime ton Frère en-père ; & toi, Edmond,
ſois mon image, & revère en-lui & ton

Tome I, I Partie.   G

Aîné, & le nom de mon Père, comme
je revère la mémoire & le cher souvenir
de ce digne Homme ; l'Un de vous me
retrace ma propre personne ; mais l'Autre
me retrace celle de mon tant-regretté
Père : bénis soyiez-vous, mes chèrs
Enfans, dont l'Un ranime Pierre, &
dont l'Autre ranimera Edme un-jour, &
fera, qu'il y aura encore sur la terre
l'image du meilleur des Pères, & du
plus respectueus des Fils-. Nous n'avions
jamais entendu un pareil langage sortir
de sa bouche, & nous étions tout-atten-
dris, même les Plus-jeunes, & jusqu'à
Brigitte, qui ne s'attendrit pas aisément.
Ensuite on a dîné ; & c'est alors qu'on a
vu les agrémens de la chère Sœur, qui
ont semblé s'accroître de jour-en-jour :
& quand elle s'est vue aimée ici, c'est
qu'elle a été si aimable, que tous tant que
nous sommes nous en-étions fous ; & il
n'est à-présent Persone qui n'approuve
Edmond ; car elle était *non-resistible*,

c'eſt le mot de notre Père.   Et un de
ces jours, il a dit à ſon Aîné :   —Mon
Fils, je croirais qu'on ſ'eſt trompé dans
ce qu'on nous a dit, & qu'il y a quelque-choſe là-deſſous ! car il n'eſt pas
poſſible que cette aimable Créature ait
été un inſtant abandonnée de ſon Créa-
teur-!   Mon Mari lui a répondu :
—Auſſi, cher Père, y a-t-il eu comme
violence, encore plûs que fineſſe.   —Ce
mot me fait plaiſir, mon Fils : oúi, c'eſt
violence; oh! je n'en-ſaurais un inſtant
douter, & je bénis Dieu, qui lave ma
Fille Manon de cette tache-.   Et depuis
ce moment, il l'a beaucoup plûs appelée
ſa Fille.   Elle, de ſon côté, ſ'eſt miſe
à devenir mignarde & careſſante envers
lui, au-point que le reſpectable Vieillard
dit avanhièr à ſon Fils-aîné :   —Juſqu'à
ce moment, je vois que j'avais eu un ſentiment injuſte à-l'égard d'Adam, notre
premier Père, qui ſuccomba, & je ſuis
bien-aiſe de ne plus l'avoir ; car il eſt

notre Père: eh! comment eût-il resisté
à Ève! elle n'avait qu'à être comme
Manon-! Tu vois, ma chère Bonne-
amie, que nous voila tous-bien recon-
ciliés & unis; & ce qui m'en-fait plûs
de plaisir, c'est que dans la vérité, la
chère Sœur est une bonne & aimable
Femme; car elle m'a dit ses sentimens
les plus secrets, qui sont dignes &
louables, dont je bénis Dieu, quoiqu'aufond il fût à souhaiter que certaines choses fussent non-avenues: mais
aussi, sans elles, notre chèr Edmond ne
l'aurait peut-être pas eue; & c'est cette idée
qui a fait grande impression sur nos chèrs
Père & Mère. Ce n'est pas qu'en-mon
particulier, je ne trouve les airs de Ville
un-peu-extraordinaires: par-exemple,
je m'aperçois que la chère Sœur a une
petite coquetterie avec tout le monde:
hièr elle vit que Courtcou le berger
la regardait avec admiration; & elle se
mit à se donner des grâces, que la tête

en-tournait à ce pauvre Garſon, qui eſt
aſſés libertin, comme tous-ceux de Nitrj,
dans ce moyen-âge ; car du temps de la
jeuneſſe de votre Père & de mon Ayeul,
ils ne l'étaient pas tant : elle en-a de-même
avec ſon Beaupère ; mais cette coquette-
rie-là eſt permiſe ; avec mon Mari, avec
nos Frères ; aulieu qu'elle y va ſans façon
avec les Femmes.... Tous nos Frères &
Sœurs d'ici te deſirent bien & te ſaluent,
car je t'écris à leur ſu, mais ſans montrer
ma Lettre. Je te prie de préſenter à la
chère madame Parangon mes reſpec-
tueuſes amitiés, & mes tendreſſes à la
petite m.lle Fanchette, dont je n'ai-garde
de parler ici, & tu m'entens ; il ne faut
pas diminuer la joie qu'on a. Ta Sœur
tendre & affectionnée, autant & plûs
que ſi elle était formée du même ſang.

FANCHON BERTHIER.

G 3

V I I I.ME

26 mai.

U R S U L E,
à F A N C H O N.

[Elle conte à ma Femme différentes choses, où l'on voit comme dèflors elle s'accoutumait à voir en-Autrui des faibleffes excusables : de plus-fortes euffent été moins pervertiffantes.]

TA Lettre, que j'ai reçue dans le temps, chère petite Sœur, m'a fait un grand plaifir, & parce-qu'elle venait de toi, & par les récits que tu m'y fesais. Auffi, tout va de mieux-en-mieux depuis le retour de ma Bellefœur Manon : & je te vais dire cela par ordre, car voici une Lettre qui fera longue, tant j'ai de choses à te marquer.

D'abord, nous avons été de la noce de m.lle Tiennette & de m.r Loiseau, qui font heureusement mariés, &, il faut l'efpérer, aubout de leurs peines : m.me Loiseau va me faire ici une nouvelle & bien-fincère Amie ; car elle l'était d'Edmond, ainfi que fon Mari, & tous-

ceux qui l'aiment, m'aiment auſſi. Mais
il faut te parler de la noce, de la Mariée,
& de tout ce qui eſt arrivé, duſſes-tu
encore m'écrire *vous*, & me faire tes
aimables remontrances, que je reſpecte,
& qui ne m'ennuieront jamais, parce-
que je voudrai toujours en-profiter.

J'étais priée de cette fête, & quoique
m.^{me} Canon ne ſ'en-ſouciât pas, j'y ai
été, m.^{me} Parangon ayant fait entendre
à ſa bonne Tante, que je ne pouvais
m'en-diſpenſer. —Bon! une noce où il
n'y a pas de Père, & où la Fille eſt
mariée à neuf lieues de ſon pays & de ſa
paroiſſe! cela n'eſt pas de bon-exemple!
—Ma chère Tante, a repris m.^{me} Parangon, c'eſt une Fille à qui je ſers de
Mère autant que la ſienne propre; il faut
qu'Urſule lui ſerve de Sœur-. Et tout-
en-bougonnant, la bonne Dame m'a dit
de m'habiller. Mme Parangon m'a parée; ce qui l'a encore fait murmurer:
enfin il a été convenu que m.^{me} Canon

me mènerait elle-même ; car on la voulait auſſi avoir (1). Après que m.^{me} Parangon a été partie , m.^{me} Canon ſ'eſt
miſe à me donner des avis , tous fort-
bons, mais aſſés inutiles ; car on m'aurait ordonné de faire le contraire, que je
n'aurais pu m'y reſoudre : auſſi n'ai-je
pu me défendre d'un petit mouvement
d'impatience , d'entendre tant répéter ce
que je ſais auſſi bien qu'elle. Enfin nous
ſommes parties , & en-arrivant, m.^{me} Parangon a eu la bonté de venir me prendre ,
& de me mettre ſous ſa protection contre
l'ennui : cette Femme-là , chère Sœur,
a un je-ne-ſais-quoi qui charme , & ſa
compagnie eſt un plaiſir, indépendam-
ment de ce qu'elle vous dit & des careſſes
qu'elle vous fait ; car il n'y a Perſonne
qui careſſe comme elle ; &-puis elle a
tant de charmes & de grâces dans ſon

_____

(1) Pour le mariage de Loiſeau & de Tiennette
voyez la LIIme Lettre du *PAYSAN*, *p.* 246
& *ſuiv.*

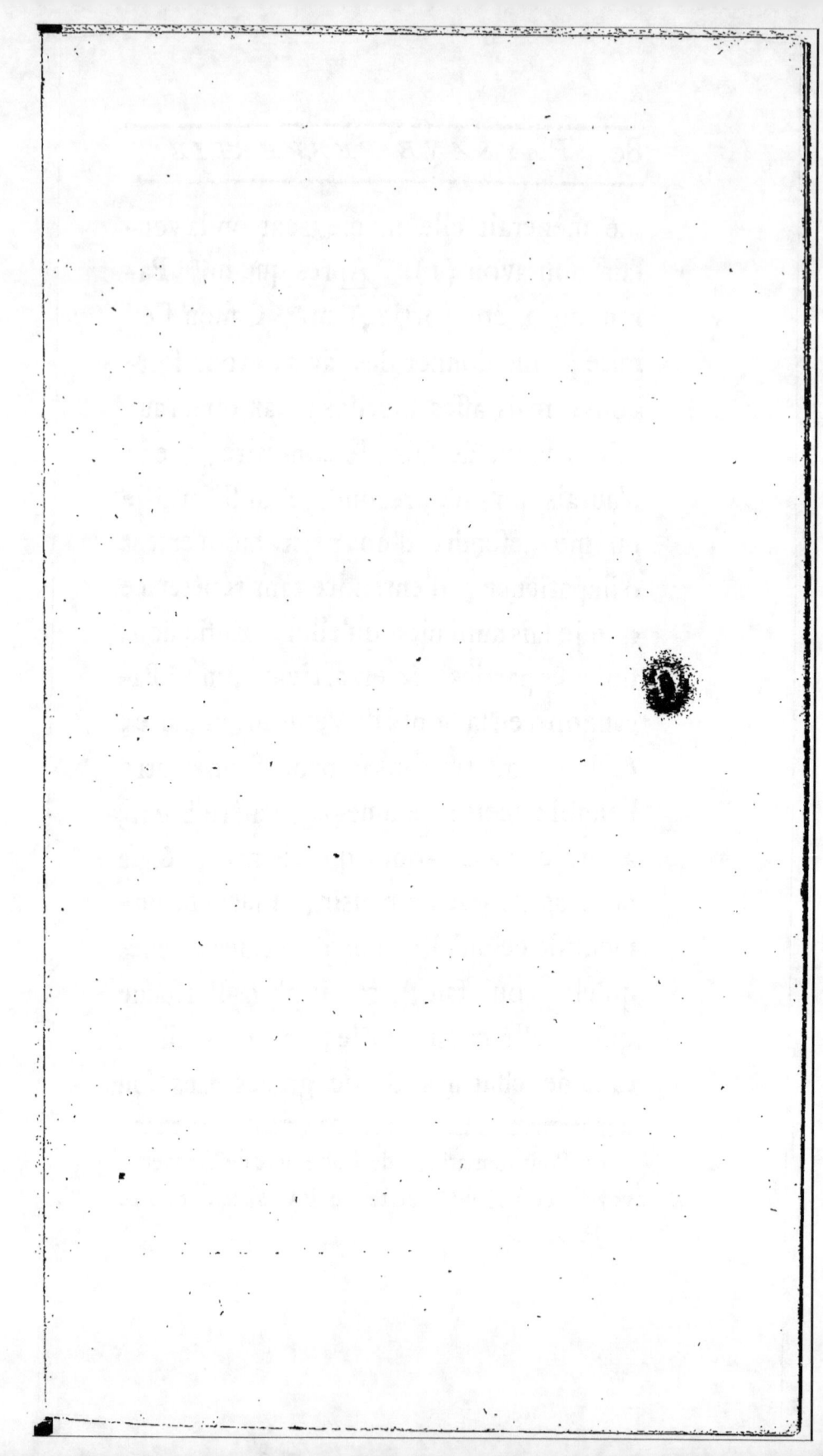

rire, qu'en-riant avec elle, on y parti-
cipe, car on l'imite fans y penfer : avec
cela, fes careffes doivent donner bien du
relief à ce qu'on a de beau ; car pour être
careffée d'une auffi jolie Femme, il faut
être aimable ; outre que fon-goût donne
un prix, & que d'être touchée par elle,
c'eft acquerir de la valeur. C'eft, je
crois, ce qui m'eft arrivé : car dès que j'ai
paru être aimée d'elle, tout le monde a
femblé m'admirer, fans-doute à-cause de
mon bonheur, & des Gens qui n'euffent
pas fongé à moi, m'ont donné une obligeante attention. Je me fuis même aperçue, pendant que j'étais avec les Mariés,
(mais Perfonne ne f'en-doute,) qu'un
Confeiller d'ici a parlé quelque-temps à
m.me Parangon, en me regardant par
intervales, d'un air qui marquait beaucoup de bonne-volonté, & j'ai entendu
qu'il difait : —* Elle eft d'une beauté * Sujet
unique-! Ma charmante Amie me de la
regardait auffi, avec une fatiffaction, IV.me Eftampe.

qui m'a fait comprendre, que le Confeiller lui difait du bien de moi. Mais
je ne veux pas trop arrêter là-deffus
ma penfée, depeur de vanité. Mme Parangon eft enfuite revenue à-côté de
moi ; car elle m'avait laiffé auprès des
Mariés pendant cette petite converfation
avec le Confeiller, & elle m'a parlé
d'un ton fi tendre, fi pénétré, que je ne
faurais dire combien il l'était. La chère
bonne Amie! elle eft fi obligeante, que
plûs elle fait de bien, ou plûs elle a occafion qu'il en-arrive, & plûs elle aime :
c'eft un bien-excellent caractère !...

Le Confeiller a demandé à m.^{me} Parangon la permiffion de danfer un menuet
avec moi ? L'aimable Dame, qui f'eft
bien-doutée que je ne le favais pas, avait
hésité : enfin, elle avait dit, que j'étais
à la Ville depuis trop-peu de temps,
pour avoir aquis l'aifance néceffaire, &
qu'elle ne croyait pas devoir m'expofer
devant une auffi nombreufe Affemblée.

Il n'a plus infifté que pour une contredanfe, à quoi la chère Dame a confenti.
Elle m'a prévenue, quand elle a été auprès de moi, que m.r le Confeiller alait
me prier. Il eft venu, & j'ai accepté
un-peu honteuse. J'avais bien-regardé
comme danfaient les Autres, & quand on
m'a fait l'honneur de me demander mon
goût, j'ai nommé la contredanfe la plus-
aifée que je venais de voir, dont je ne me
fuis pas mal-tirée. Dès le lendemain on
m'a donné un Maître-de-danfe, & je
fuis guidée par mon aimable Amie, par
Manon, ou par mon Frère, qui danfe
on-ne-peut-mieux. Cela me forme la
marche, la rend plus-agréable, & on
m'affure que j'ai meilleure-grâce, depuis
que j'apprens.

J'ai un-peu commencé par moi, dans
cette Lettre, & j'y reviendrai encore à la
fin: mais il faut parler d'Edmond & de fa
Femme: & c'eft avec bien du plaifir; car
je vais augmenter les fentimens que tu as

pris pour elle, & ceux dont l'affectionnent
nos chèrs Père & Mère : C'eſt qu'elle
a eu pendant cette noce, une épreuve
qui a fait briller ſes vertueus ſentimens :
& envérité, la qualité de ma Sœur à-
part, je l'aime à-préſent pour elle-même
autant que m.^{me} Parangon. L'Homme
que vous ſavez tous, ne ſ'eſt-il pas aviſé
de chercher à lui parler en-tête-à-tête ?
Après y avoir bien eſſayé, il a enfin réüſſi ;
il l'a jointe ſous un berceau de coudriers,
qui eſt dans ſon jardin (1) ; car la noce de
m.^{lle} Tiennette ſ'eſt faite chés ſa bonne
Maitreſſe : Le motif qui avait fait écarter notre Sœur, eſt bien à ſon avantage ;
car, en-voyant le mariage de deux Amans
qui ont toujours été fidèles l'Un-à-
l'Autre, & qui ſ'épouſent ſans reproche,
ça lui a attendri le cœur, & elle ſ'eſt
retirée à-l'écart pour pleurer, tenant
dans ſa jolie main le portrait de ſon Mari,

(1) Voyez la XXIme Figure du PAYSAN, &
pour les détails, la LIIme Lettre, p. 249.

qu'elle baisait & rebaisait, quand l'Homme que tu sais l'a jointe. Tu t'imagines bien comme il a été reçu ! mais il est si effronté !... Elle l'a voulu renvoyer : il n'a pas voulu s'en-aler ; si-bien qu'ils se sont querellés : le meilleur, c'est que mon Frère avait suivi sa Femme, & qu'il a tout entendu : Ils sont revenus en-semble, bien-contens l'Un de l'Autre ; & mon Frère à tout conté à m.^{me} Parangon, pendant que j'étais avec Manon, qui me fesait mille caresses, avec une émotion que je ne lui avais jamais vue. Mon Frère a ramené m.^{me} Parangon au-près de nous, & il est décidé que sa Femme passera la plupart du temps avec m.^{lle} Fanchette & moi, chés m.^{me} Canon, qui y a consenti. J'ai su ce qui s'était passé par ma Sœur elle-même. Voila qui va bien jusqu'à-présent, & il semble, que pour être heureuse, je n'aurais qu'à rester comme me voila : mais ce n'est pas assés pour m.^{me} Parangon : Elle veut

me traiter comme fa Sœur, & que nous
alions enfemble à Paris, fous la conduite
de m.^{me} Canon ; elle m'a dit qu'elle avait
pour cela différentes raisons, dont je
crois foupçonner une partie. D'abord
fon Mari a encore tâché de me parler,
mais d'une drole de manière ! Il f'était
caché dans l'efcalier de la falle à l'appartement, qui eft obfcur, & comme je
paffais, il m'a prife par le milieu du corps,

* Sujet
de la
Vme
Eftampe. en me difant *, —Eft-ce vous, Fan-
chette-? J'ai répondu, —Non, Monfieur, je fuis Urfule-. Mais il ne me
lâchait toujours pas ; & envérité, je ne
fais ce qu'il me voulait faire : heureusement que m.^{lle} Fanchette était dans
le cabinet de fa Sœur, & comme je
parlais fort-haut, elle m'a entendue ;
elle eft venue à moi, & il m'a lâchée.
—C'eft joli ! mon Frère ! de faire-peur
aux Filles-! lui a-t-elle dit : Il f'eft
mis à rire. Oh ! c'eft un Homme
bien-terrible, & je le crains comme

le feu ! Il a des façons, il vous prend
on ne sait comment , & agit comme
jamais je n'ai vu Persone.   Quant à m.^r
Gaudét , dont je t'ai dit un mot dans ma
dernière , je ne l'aurai pas pour ce que tu
fais ; m.^{me} Parangon s'y oppose ; elle
en-a dit son avis à mon Frère bien-forte-
ment , & plûs que je n'aurais compté ,
car elle est douce ; & elle m'a donné un
bon Vieillard , qui la conduit elle-même.
Ce m.^r Gaudét s'est trouvé ici pendant la
noce , & il me voulait parler : mais m.^{me}
Canon d'un côté, mon Amie de l'autre, &
même ma Sœur Manon , en-ont si-bien
su empêcher , qu'il n'a pu me joindre.

    Je pense que le voyage de Paris me
serait avantageus ; je le vois aux grâces
de la chère m.^{me} Parangon , qui, dit-
on, les doit au temps qu'elle a passé
à Paris ; mais moi, je lui crois tout ça
naturel : je te prie donc, d'en-parler à nos chèrs Père & Mère, comme
d'une chose utile, & qui, si tant est

que M. le Conseiller pense à moi, me
donnera le ton qu'il faudrait, pour entrer
dans une Famille comme celle-là. Mon
Frère écrit aussi à ce sujet à ton Mari (1),
avec, je crois, des détails plus-amples au-
sujet de l'entrevue du berceau. Le secret, je te prie, sur ce que je me doute
du Conseiller ; car je mourrais de honte
devant un Homme, fût-ce mon Frère,
qui saurait que j'ai eu ces idées-là : il
n'y a qu'avec toi que je pense tout-haut ;
parce-que je sais comme tu es bonne, &
que tu ne te moques de rien ; mais que tu
prens tout au-sérieus, comme font toujours les bons cœurs (2).

Nous sommes dans une si grande inti-
mité toutes-trois ici, m.^me Loiseau,
ma sœur Manon & moi, que nous pas-
sons ensemble tout le temps possible ; &

_____

(1) C'est la LIIme du PAYSAN, p. 246.

(2) Belle vérité ! la sotise & la bonté se réünissent
en ce point, sans se ressembler ; le persiflage &
l'ironie partent toujours d'un mauvais-cœur.

quand

quand nous alons chés, m.ᵐᵉ Parangon
nous tâchons d'y être toutes ensemble,
pour ne pas manquer une occasion de nous
réünir : & m.ᵐᵉ Parangon a une si grande
confiance en-nous, qu'elle nous met quelquefois de ses secrets, sans qu'Edmond le
sache ; comme le jour qu'elle lui annonça
son dessein pour le voyage de Paris, &
qu'elle lui parla si-bien, au-sujet de m.ʳ
Gaudét. Mais cette-fois-là, elle nous fit-
paraître, parce qu'il n'y avait rien qui em-
pêchât qu'il sût que nous l'avions écouté :
aulieu qu'hièr, il en-a été autrement pour
une conversation qu'elle a eue encore avec
lui ; car il ne se doute pas que nous l'avions
entendue, m.ᵐᵉ Loiseau & moi ; ma
sœur Manon n'était pas encore arrivée.
Voici ce que c'est. On venait de nous
apporter des chaussures neuves, à m.ᵐᵉ
Parangon, à m.ˡˡᵉ Fanchette & à moi :
nous les avons essayées : Edmond est
entré comme nous finissions ; il a dit son
avis à m.ᵐᵉ Parangon & à nous : ensuite

Tome I, I Partie.   H

comme nous-nous retirions dans l'autre
chambre, j'ai entendu qu'il disait à sa
Cousine le commencement d'un couplet
de chanson, où je n'entendais pas finesse,
mais m.^{me} Loiseau, elle, a souri; c'était,

Que me suis-je la fougère !

Mme Parangon l'a regardé très-férieu-
sement; & voyant que nous avions entendu qu'il lui répondait : —Il m'est
impossible d'avoir à votre égard d'autres
fentimens : mais ils n'ont rien de cri-
minel ; car j'aime Qui je dois aimer à-
présent, comme je le dois : & je crois que
quand il y aurait du mal, je ne pourrais
pas changer : ce n'est-là qu'une matière
grossière (lui montrant fa chauffure); mais
depuis que cela vous a touché, c'est un
talisman, c'est un être animé ; vous lui
avez communiqué votre âme ; cela fait
partie de vous, & fi c'était en ce moment
tout ce qui doit me rester de ma Cousine,
j'en-ferais un trésor, dont rien ne pourrait
me féparer-. Mme Parangon l'a inter-

rompu : —Loin que j'approuve ces
fentimens, mon Cousin, je vous dirai
qu'ils me bleffent fenfiblement, & je vous
prie, au nom de notre amitié ; de ne
m'en-jamais tenir de pareils : plûs vous
êtes aimable, plûs vous-vous croyez fûr
de mes fentimens, & comme parent, &
comme ami ; plûs auffi vous devez vous
abftenir de tout ce qui fent la galanterie :
c'eft un vol que vous faites à votre
Femme, pour une prefqu'Étrangère, &
pis encore, pour la Femme d'un-autre
Homme : Je veux bien qu'il y ait de la
liaison entre nous, mais qu'elle foit pure
comme le cœur de l'Enfant, & telle qu'il
le faut, pour donner bon-exemple à cette
chère Sœur qui eft là-dedans, ainfi qu'à
la mienne. (Elle a fait un foupir). Mon
pauvre Edmond, nous fommes liés tous-
deux à des attaches différentes, & c'eft
l'ordre de Dieu que nous-nous y tenions :
Je me tiens à la mienne, que vous connaiffez : la vôtre eft charmante, & vous

devez bénir vôtre chaîne ; car on peut
dire, que vous avez une Épouse qui vous
aime autant qu'elle le doit, & qui sent tout
ce que vous valez : c'était ce que je
vous desirais, & mes souhaits sont rem-
plis de ce côté-là. Songez donc bien,
mon Cousin, à me considérer, non-seulement comme votre Amie & votre Parente, mais aussi comme quelque-chose
de plûs ; j'ose prendre ce titre avec vous,
par le bien que je vous ai voulu, & celui
que je me proposais de vous faire : je
suis même la cause de tout celui qui vous
est arrivé ; j'en-exige une reconnaissance,
& je ne suis pas assés généreuse, pour
vous en-faire grâce... —Cette grâce,
a interrompu Edmond, serait la plus
cruelle des injustices, & je n'en-veux
pas de cette nature-là-! Et je crois
qu'il lui a baisé la main : car elle est
venue vers nous fort-agitée. Un instant
après, elle est ressortie : Edmond était
encore-là : Ils ont paru s'entretenir

de bonne-amitié : —Vous me réduisez
à fuir ! —Votre fuite ne m'a pas deso-
bligé , aucontraire : tout ce qui me
rappelle à mon devoir , de votre part
fur-tout, m'eft agréable, chèr.... Vous
êtes parfaite , & je ne le fuis pas ; j'ai
tout à craindre , & vous rien ; fi vous
fuyez , c'eft par générofité pour moi.
—J'aime à vous croire , même quand
vous me flatez. —Vous flater ! ah !
j'approche à-peine de la vérité. —Je
veux vous en-croire : mais, chèr Cou-
fin , ne nous complimentons pas , &
foyons fermes l'un & l'autre contre l'ennemi de notre repos & de notre bonheur :
vous aimez votre Femme.... —Je l'a-
dore. —C'eft une vertu dans votre
cœur ; elle vous rendra heureus... Mais,
mon chèr Edmond, prenez-garde aux
fentimens trop-libres que cherche à vous
infpirer votre Gaudét ! je rens , comme
vous, juftice à fes vertus morales ; il
en-a, trop peut-être , pour votre bon-

heur, ou dumoins pour votre fureté!
car s'il était comme tant d'Autres de ses
Pareils, il ferait moins-dangereus pour
vous! Je voudrais pouvoir rompre cette
liaison? —Serais-je digne de votre
amitié, si, quand on m'en-inspire, j'étais
si facile à en-rompre le doux lien?
Gaudét eft un Homme, comme on en-
trouve peu: la Nature ne produit les
Êtres comme lui qu'un à un: c'eft un
Ami comme il n'en-fut jamais, & si vous
le connaiffiez comme il m'eft connu, il
aurait votre eftime. Vous lui avez ôté
ma Femme; il fait que vous l'avez
empêché d'avoir ma Sœur: eh-bien,
voulez-vous connaître fes fentimens?
Lisez: je vais vous laiffer cette Lettre;
ce fera fon titre juftificatif auprès de
vous:

LETTRE de GAUDÉT, à EDMOND.

*Je viens d'apprendre, chèr Ami, que
je fuis quitté. Que me fait cela? je ne*

voulais diriger, que pour te rendre plus-
heureus ; mais si c'est la belle Parangon
qui dirige à ma place, elle fera cent-
fois mieux que moi. Je t'avouerai que
je ne m'attendais pas que ta Femme
aurait jamais ce Directeur-là ! c'est
pourquoi, je desirais de l'être : mais
elle, elle, mon Ami ! c'est une divinité
que cette Femme ; c'est la vertu, telle
qu'elle doit être pour avoir des autels ,
même chés les Vicieus : abandonne-toi
donc à sa conduite ; & si elle te disait :
Haïs Gaudét , il faudrait , je crois ,
me haïr, car elle ne peut dire que ce
qui est le mieux ; sa bouche est trop-
belle, pour qu'il en-sorte jamais rien
de mal. Quant à ta charmante Sœur,
Elle a encore plûs raison (cet Elle ,
c'est m.me Parangon) ; un jeune Guide
ne convient pas aux Jeunes-filles :
cependant, si j'avais eu ta Sœur, je
sais ce que j'aurais dû faire, & je
l'aurais fait. Je l'aurais préservée de

bien des petites idées, qui sont dans le
cœur d'une Belle, autant de petites
étincelles, qui peuvent mettre le feu à
la saintebarbe, & faire sauter la nef;
mon expérience ne lui aurait peut-
être pas été inutile. Mon chèr Edmond, connais moi ; c'est tout ce que
je te demande ; une-fois bien-connu, je
te tiens, & tu es à moi pour-toujours :
ne t'effraie pas ! je ne te veux à moi,
que pour étre tout à toi : Tu en-auras
des preuves en toute occasion, envers
& contre tous. Mais (& je le répète),
s'il se trouve Quelqu'un plus capable,
ou plus digne que moi de te rendre heureus, je te cède. Cela n'est pas, mon
Ami : mais cela serait dans une seule
occasion ; c'est si tu étais libre, & la
Céleste aussi (tu sais Qui je veux
dire) : alors tous-deux unis, je n'aurais plus que faire à toi, & je te dirais,
adieu pour une dixaine d'années aumoins. Je te souhaite le bon-soir : &

point

point de regrets : tout ce qui vient de cette main, qui t'es si chère, fût-ce du mal, je le reçois avec resignation (1).

G A U D É T.

—Le voila bien ! a dit m.^{me} Parangon, en-achevant de lire : quel Homme !.... Voyez-le donc ; car c'est un démon, & il vous déterrerait par-tout : mais de la prudence ! & sur-tout de l'attachement aux excellens principes que vous avez reçus de vos Parens-!

Voila, ma très-chère Fanchon, où nous en-sommes : car ce dernier trait est d'hier, comme je te l'ai dit. Adieu, chère bonne Amie, &c.ª

(1) Cette Lettre n'a pas été mise dans le PAYSAN PERVERTI, parce-qu'Ursule l'avait envoyée à ma Femme en-original.

Tome I, I Partie,   I

I X.ᵐᵉ

ᵃ ᵁᴿ₂ juin,

URSULE,
à la Même.

[Elle parle de la manière dont Edmond fut
terraſſé de ma Lettre, au ſujet de ſa faute avec
Laurote (1).]

OH ! ma chère Sœur ! que ton Mari
a écrit durement ! la faute eſt grande,
mais le reproche eſt trop-dur , pour un
cœur comme celui d'Edmond ! il eſt
éperdu, & ne ſait que devenir ! Je ſuis
la ſeule qui ai vu , & encore à ſon inſu,
la Lettre qu'il vient de recevoir, & je
ne ſais ſi j'en-dois parler ; car c'eſt une
choſe qui n'eſt pas de nature à être com-
muniquée, non-pas-même à m.ᵐᵉ Parangon. . . . .

O mondieu ! que viens-je d'entendre !
L'Homme chargé de la Lettre ſait ce
qu'elle contient, & il l'a dit à la Femme
d'Edmond ! Il faut que je demande à l'aler

(1) La LV.ᵐᵉ du PAYSAN , p. 260.

voir.... Eh! comment donc ton Mari a-t-il
fait cette faute, lui.... Il y a quelque-
chose là-deſſous, & vous verrez que ça
n'eſt pas vrai, qu'on aura mal compris ;
que notre Cousine ſa Mère, aura in-
terprêté le ſilence de ſa Fille, à-cauſe
qu'Edmond l'a bien-aimée dans notre
jeune âge. Il faudrait que Laurote fût une
grande miserable, d'avoir ainſi manqué de
ſageſſe ! elle ſerait la ſeule criminelle,
& je ne la plaindrais pas : car un Garſon,
à ce qu'il me ſemble, quand il trouve
une Fille faible, avance toujours, pour
voir où elle le réprimera : ,, ſachant fort-
bien, comme nous le disait hièr m.^{me} Parangon, ,, que c'eſt à nous qu'eſt le
,, rôle de resiſtance, & ſe tranquilisant à
,, cet égard abſolument ſur nos bons prin-
,, cipes : & quand il voit que nous en-
,, manquons, il en eſt tout étonné : mais
,, il preſſe toujours la malheureuse Fille,
,, parce-qu'il y a pour lui une véritable
,, gloire à en triompher ; cela marque ſon

„ mérite en-tout-genre, fa beauté, fon
„ efprit, fon adreffe, & fon talent de
„ fe faire aimer, qui renferme toutes les
„ autres qualités. C'eft donc à nous à
„ toujours refifter; puifque notre gloire
„ eft tout l'oppofé de celle des Hommes;
„ car quand nous fommes humiliées, ils
„ font réellement exaltés, quoiqu'en-
„ veulent dire les Femmes-hommes de
„ notre fiècle „...... Ma chère Sœur,
écris-moi ce qui en-eft, d'après de bonnes
informations, & que je raffure ici tout
le monde. Oh! fi tu favais ce que je fais,
tu verrais bien qu'Edmond n'eft pas capable d'une chofe comme celle-là. . . . . .

On ne veut pas que j'aille voir ma
Bellefœur; & comme on fait tout, j'en-
devine la raifon * : nous partons demain-
matin pour Paris, m.ᴵᴵᵉ Fanchette &
moi : m.ᵐᵉ Parangon vient de me l'annoncer, comme j'étais accourue auprès
d'elle, pour m'informer. Je crois avoir
entrevu Edmond, à quî je n'ai pas de-

* Sujet
de la
VI.ᵐᵉ
Eftampe.

mandé à parler, m'apercevant bien qu'on
me le cachait. Il avait la main fur fon
front, & il cachait fon visage, comme
lorfqu'on eft dans une profonde douleur.
J'étais fi fâchée de partir fans ma Protectrice, que j'en-ai pleuré : —Je pars,
& vous reftez-! me fuis-je écriée. —Il
le faut-, m'a-t-elle dit! Cette avanture
malheureuse, qu'on me cache, avance
notre départ, depeur que nous ne l'ap-
prenions; & encore peut-être, depeur
que nos chèrs Parens ne me faffent revenir. Adreffe-moi donc ta Réponfe à
Paris; & encore, où? Il faudra attendre que je te r'écrive, chère Sœur.
Tout eft ici en-combuftion; je vois,
fans en-faire-femblant, le trouble qu'on
veut me dérober; car m.me Parangon
fe cache de moi; mais je m'aperçois
qu'elle pleure. Tout-à-l'heure, je l'ai
entendue; elle fe croyait feule, & disait
la larme à l'œil : —Dieu me punit
cruellement! & peut-être un-jour, moi-

même, ferai-je l'infortunée victime de ce jeune Imprudent~! Elle disait cela avec des sanglots. Adieu ; je cachete bien-vite, & je vais prier *Vezinier* d'être plus prudent au-retour, qu'il ne l'a été ici.

Je vais donc partir pour la grande Ville!... mais bien-triftement! j'ai le cœur ferré !

FIN de la Ire Partie.

LA
PAYSANE
PERVERTIE,
O U
LES DANGERS DE LA VILLE.

AVEC FIGURES.

Seconde Partie.

FRONTISPICE

de la II. Partie.

URSULE ARRIVANTE.

Sujet. *Urfule arrivant à Paris par le coche-d'eau: elle eft fur la planche, un carton de bonnets à la main: Mme Canon & m.^{lle} Fanchette vont la fuivre: La Première lui crie de prendre-garde! Le refte de l'Eftampe exprime ce qui fe trouve au débarquement, la Garde, les Porteurs, les Obvieurs. On voit dans le lointain, une annonce de la première attaque que les Hommes feront à Urfule.*

» Prenez-garde! Urfule »!

Le paffage eft à la page 126.

LA PAYSANNE
PARVENUE

L. Binet inv.   L. S. Berthet Sculp.

LA PAYSANE

PERVERTIE,

OÙ LES

DANGERS DE LA VILLE;

HISTOIRE D'URSULE R**,
mise-au-jour d'après les véritables
LETTRES des Personages.

Seconde Partie.

DIXIÈME LETTRE.
FANCHON,
à URSULE.

[Tableau de douleur, & Lettres de fausseté,
dont ma Femme lui fait-part.]

14 juin.

CHÈRE Sœur. J'ai appris
votre adresse par m.me Parangon, à un

Tome I, II Partie.

voyage que nous avons fait à Au**, pour
voir le chèr Frère Edmond, qui eft bien-
malade : mais il faut qu'il y ait un-peu de
mieux, puifque je vous écris. C'eft
m.ᵐᵉ Parangon qui nous avait mandés,
comme vous le verrez par la Lettre, ci-
jointe... Hélas ! il y a eu bien des malheurs ! la pauvre Manon (Dieu lui faffe
paix), a fini douloureufement fes jours
par un double poifon, celui de la jalou-
fie au-fujet de ce que vous favez, & un-
autre qui tue plus-vîte le corps.... Vous
m'entendez.... Cependant, ma très-
chère Sœur, vous aviez bien-raifon,
dans ce que vous m'avez marqué,
qu'Edmond était incapable d'une action
pareille ! & ce nous eft, à mon Mari &
à moi, une grande confolation ! quoiqu'Edmond ait démenti la Lettre de fon
Ami qui le dit, j'aime à en-croire m.ʳ
Gaudét de-préférence. Vous alez en-
juger ; je me fuis emparée de cette Lettre,
pour la remontrer quelque-jour à nos bons

Père & Mère, quand ils feront de fens-
fraid: ce qui me fait croire qu'Edmond
pourrait bien dire ça, dans le deffein de ne
pas faire paffer Laurote pour une Malheureuse, c'eft que fa Femme étant morte,
il n'a plus de raison de craindre pour elle
l'effet de ce qu'on lui attribue. Mais,
moi, je regarde la Lettre comme bien-
croyable : car enfin, pourquoi m.ʳ Gaudét aurait-il fait une chose comme
celle-là ?

Je vous dirai que j'ai vu ici bien des
douleurs, dont je fuis charmée que vous
n'ayiez pas été témoin ; car vous l'auriez
été ; on vous alait envoyer chercher pour
redemeurer ici, quand on a fu que vous
étiez partie : cela a d'abord fait différer ;
enfuite on a eu-peur de fâcher m.ᵐᵉ
Parangon, en-lui marquant de la dé-
fiance. Ma chère Sœur, le trifte &
piteus fpectacle, qu'un Père vénérable qui
maudit l j'ai treffailli jufques dans les en-
trailles, en-l'entendant maudire, & nous-

nous fommes tous-jetés à-genous devant lui. Mais fa colère ne fe calmait pas ; elle était encore animée par notre Cousine , la Mère de l'Infortunée (1) : Notre Père voulait partir pour aler châtier Edmond ; il alait , il venait ; il ne fe poffédait pas : cet orage fesait trembler ; car il ne jetait fur nous tous qu'un regard fombre. Il a pourtant été à l'église ; & on dit, car je ne l'ai pas vu, qu'il f'eft mis à-genous fur la tombe de fon Père , & qu'il f'y récriait feul, —Des Enfans ! des Enfans ! ô mon Dieu ! je vous ai demandé des Enfans , & vous me les avez donné dans votre fureur-! Et mon Mari , dit-on (car il ne m'en-a pas touché un mot, & je n'ai osé l'interroger là-deffus) ; f'eft approché doucement & en-tremblant derrière-lui, & il lui a dit, en-fe profternant , & baisant la pouffière, —Non pas tous, mon Père-! Et le Vieillard vénérable eft refté immobile à

(1) Voyez l'Eftampe qui fert de Frontifpice à la II.de Partie du PAYSAN.

ce mot de fon Fils-aîné ; il f'eft tû plus
d'un quart-d'heure ; enfuite il a dit à
fon Fils : —Béniffons-en Dieu enfemble, mon Fils, fur la tombe de mon
digne Père : Que Dieu puniffe le Coupable, & béniffe les Bons ! —O mon
Père ! f'eft écrié Pierre, fi vous n'aviez
été mon Père, je vous aurais fermé la
bouche, au premier mot de ce mau-
diffon ! mais vous êtes mon Père, fur la
tombe du vôtre, doublement facrée en
ce moment-ici pour moi : mais veuillez
retracter, en priant Dieu ; car mon
pauvre Frère ferait perdu à-jamais-! Et
le Vieillard f'eft mis à pleurer, & il a
prié bas, fans répondre à fon Fils, qui
a bien vu qu'il retractait : & ils font revenus enfemble, le Père f'appuyant fur le
Fils, & le Fils tenant un bras paffé autour
de fon Père, d'une façon d'amitié d'une
part, & de refpect de l'autre, qu'Un-
chaqu'un qui les voyait en-était attendri ;
car ils font bien-aimés, tant le Père que

les Enfans ; & tout le monde d'ici disait, qu'Edmond n'était pas capable de ça. Mandez-moi, chère Sœur, de vos nouvelles ; car je me fens de l'inquiétude pour vous, du-depuis que vous êtes dans ce Paris ; & ilme femble à chaque Lettre qui vient de la pofte, qu'il peut y avoir dedans quelque malheur à votre fujet. O chère petite Sœur ! pauvre Brebiette fi douce & fi jolie, au-milieu des Loups, que n'êtes-vous ici ! Je vous rêve fouvent, & quoique je n'aye pas foi aux rêves, car mon Mari dit que ce font des chimères, fi eft-ce que je ne rêve qu'en-mal, & ça ne me fait pas plaifir. Je prie tous les jours le Bondieu pour vous & pour Edmond, après mes devoirs (1), & avec bien de l'ardeur ; je vous affure ! Adieu, chère petite Sœur : & puiffé-je

(1) Elle veut dire, Après avoir prié pour fes Père & Mère, Ceux de fon Mari, & fon Mari lui-même.

avoir de plus heureuses nouvelles de-peu
en-ça à vous mander !

LETTRE de m.ᵐᵉ PARANGON, à PIERROT & à fa FEMME.

*M*on chèr Pierre, & ma chère Fanchon :   C'eſt à vous que je m'adreſſe de-
préférence, pour vous annoncer la maladie où le deſeſpoir a réduit votre chèr
Frère Edmond. Dès qu'il vous eut
écrit la Lettre, qui vous annonçait
la mort de ſa Femme (1), une fièvre
violente le ſaisit, & dans la même
ſoirée il eut le tranſport. Je ne vous
ferai pas les détails de ce cruel commencement de maladie, où il diſait des
choſes, tant au-ſujet de l'Infortunée
qu'au mien, que je n'oublierai jamais.
Je puis vous aſſurer que j'ai pris de lui
les mêmes ſoins que ſ'il eût été mon
Frère, comme il eſt le vôtre ; car il eſt
le mien de cœur & de volonté. Mais

_____

(1) La LIX.ᵐᵉ du PAYSAN, p. 265.

ne m'en-ayez aucune obligation ; l'humanité seule & mon panchant suffi-
saient pour m'obliger à m'occuper de
ce chèr Malade , & l'une & l'autre ont
été mon dédommagement. Ainsi, je
je laisse-là ces détails, quoique je
sache qu'il vous intéressent beaucoup ,
pour vous entretenir du départ de mon
Ursule ; que je regarde comme réellement à moi, autant par l'amitié qu'elle
m'inspire, que par celle qu'elle a pour
pour moi ; non que je prétende m'emparer de son affection, pour l'ôter à vos
chèrs Parens & à vous, à qui elle sera
toujours, par la tendresse filiale ou
fraternelle ; mais elle est à moi, par
le bien que je lui veux.

Dès que le malheur fut arrivé, je
décidai son départ, comme je sais
qu'elle vous l'a écrit ; & elle se con-
forma en-tout à ma volonté avec sa
douceur ordinaire. Depuis qu'elle est
avec moi, je ne lui ai remarqué que des
qualités,

qualités, & pas un défaut; & voici
l'idée que je me suis formée de son caractère. Elle est douce par tempéra-
ment: haute par l'éducation libre &
républiquaine que vous a donnée votre
Père. Elle regarde le deshonneur
comme une tache materielle en-quel-
que-sorte, & dans ses idées, elle serait
capable de dire le même mot qu'un
Jeune-gentilhomme disait un-jour d'un
Officier qui avait reçu un soufflet:
Il s'approcha de Celui qui le venait
de nommer, & lui dit avec un naïf
étonnement: —Il n'est pas changé-!
De-même si Ursule voyait Une de ces
Femmes deshonorées par leur incon-
duite, elle la considèrerait avec un
étonnement naïf, qui lui ferait demander, Si elle mange, boit &
dort comme nous? elle s'imaginerait
qu'une Libertine devrait être tout-
autrement constituée qu'elle. C'est une
chose dont je me suis aperçue, à-l'é-

Tome I, II Partie.   J

gard de l'Infortunée que nous pleurons.
Urſule était inſtruite des premières :
Auſſi ne la regardait-elle d'abord
qu'avec une curioſité de frayeur : mais
lorſqu'elle l'a connue particulièrement,
elle a pris pour elle la plus-tendre amitié, une eſtime ſincère, & tous les ſentimens obligeans. Vous penſez-bien
que j'en-étais charmée. Mais j'avais
une crainte pour ma Jeune-amie, en-
qualité de ſon Inſtitutrice & de ſa ſeconde Mère, puiſque je remplace à
ſon égard Barbe De-Bertro : Je voulus ſavoir un-jour, ſi elle ne regardait
plus certaines fautes comme auſſi graves
qu'à ſon arrivée ici : Je la queſtion-
nai adroitement, & voici comme je
connus ſa façon-de-penſer.

—Tu aimes bien Manon, Urſule ?
—Beaucoup, Madame ! —C'eſt bien :
il faut aimer ta Sœur. —Et votre
Cousine. —Et mon Amie. —Ah !
ce titre-là me la rend bien-chère !....

Voyez pourtant! c'est avec raison que l'Évangile dit que les jugemens téméraires sont un grand péché ! —C'est une belle vérité, ma Bonne-amie: mais comment l'appliques-tu ici ? —Par-exemple, Vous, m.^{lle} Tiennette & moi, n'avons nous pas cru que Manon était une Libertine? Cependant, depuis que je la connais, je vois que cela ne se peut pas, & que nos ieux nous avaient trompées: Elle agit tout-comme nous, elle parle de-même, elle est faite de-même: ainsi, cela ne saurait être: j'ai bien vu que vous le pensiez aussi, & je l'ai ai-mée au-double, à-cause qu'elle n'a pas fait à mon Frère Edmond les vilaines choses que j'avais crues d'abord, ainsi que vous-. Je ne lui répondis rien ; mais je l'embrassai, en-pensant tout-bas: Respectable & précieuse inno-cence! combien serait coupable Celui qui te porterait la première atteinte!

J 2

outre le péché en-lui-même, ce ferait
encore une horrible facrilége!... Quand
j'eus dis cela à Tiennette, afin qu'elle
ne détruisît pas l'heureuse idée qu'avait
Urfule, cette bonne Fille me répondit,
qu'elle f'en-était aperçue, & qu'elle
f'était proposée de m'en-parler, pour
me demander mes confeils.

Vous jugez, d'après cela, chèr
Pierre & chère Fanchon, fi je dois aimer mon Urfule, & avoir confiance en-
elle! Auffi lui ai-je donné ma Sœur
pour Compagne; je veux qu'elles
foient inféparables jufqu'à leur établiffement.

Il ne me refte plus qu'à vous parler
de nos adieus, à l'inftant de la fépa-
ration. Je n'étais pas trop à moi,
comme vous penfez. Quand Urfule
fut qu'elle alait partir avec Fanchette,
fous la conduite de m.me Canon, elle
me regardait avec des ieux interdits;
car je n'avais pas encore prononcé le

mot, Je reſte : Mais quand une-
fois j'eus dis, —Il faut que je reſte
à-cause d'Edmond-, je vis le bon-na-
turel d'Urſule, ſon bon-caractère,
ſon amitié pour moi, & ſa tendreſſe
pour ſes Parens dans ſes regards &
dans ſa réponſe. Ses ieux devinrent
humides : Elle fit un mouvement les
bras étendus, pour venir à moi * : * Voyez
elle ſ'arrêta, me regarda tendrement, la VIme
& me dit enfin. —Je pars, & vous   Eſtampe.
reſtez ! mais il le faut, & je vais être
orfeline tout-à-fait ; je n'autai plus
que la Sœur que vous m'avez donnée !...
Cependant, permettez-moi de vous dire,
qu'il eſt juſte que je reſſente la douleur d'être éloignée de mon digne Père
& de ma bonne Mère ; votre compagnie
l'aurait trop-affaiblie ; ainſi je la
ſentirai, ſinon avec plaiſir, puiſque
la douleur y eſt contraire, dumoins
avec contentement de la ſentir : car
toutes les fois que je ſens cette heu-

reuse douleur, de l'éloignement de ma
bonne Mère sur-tout, cela me rappelle
de Qui j'ai le bonheur d'être fille, &
de Qui j'ai l'honneur d'être Amie-.
Eh bien, mes chèrs Bons-amis, que
penſez-vous de cette réponſe, dans une
Jeune-fille de dix-ſept ans, élevée au
Village? Mais que dis-je au Village!
l'éducation que vous ont donnée chés
vous, cet Homme que vous appelez votre
Père, & cette Femme que vous appelez
votre Mère, & que moi je nomme des
Anges, fais plûs penſer mille-fois que
celle des Villes...... Mon Urſule eſt
partie....mais j'ai encore Edmond. Il
vous demande; je vous deſire: venez
nous voir, & me conſoler un-peu de mes
privations par votre chère préſence.

Que j'aime cette bonne Dame! qui
ſait ſi-bien me faire aimer ce que j'aime
tant déja !

Voici à-préſent la Lettre de l'Ami
d'Edmond que je vous ai promiſe.

LETTRE de GAUDÉT, à EDMOND, conſervée par Fanchon (1).

*M*on très-chèr Ami: *Au lieu* d'employer de vaines conſolations , *comme*
les Amis vulgaires , j'ai couru à la
ſource du mal: *Je me ſuis emparé*
de l'eſprit d'une Mère desolée & d'une
Fille innocente , dont l'Une ne ſavait
que ſe lamenter à grand bruit; & dont
l'Autre , vierge encore d'eſprit , ſ'é-
tonnait de la desolation qu'elle voyait
autour d'elle :   —Car enfin (c'eſt
l'Innocente qui parle), faire un Enfant n'eſt pas tuer un Homme , ni
voler , ni piller , ni mettre-le-feu , ni
battre , ni même ſeulement dire des
injures à Quelqu'un :   J'en-ai vu qui
en-ont fait , & elles en-ont été quittes
pour une chanſon qu'on a compoſée
ſur elles-. *Surpris de ce langaje* , j'ai

(1) Il eſt queſtion de cette Lettre dans la LXme
du PAYSAN , p. 270

voulu pénétrer dans l'âme de la Jeune-
perſone, & y voir, s'il était bien-
vrai que ce fût toi qui l'eût mise dans
l'embarras; & tu penſes que je n'ai
pas eu de peine à l'amener à me dire
ce que je desirais. Mais vu ſon innocence, elle m'a inſtruit, ſans le ſavoir: j'ai profité de mes avantages ſur
cette Enfant (1), pour lui faire ſigner,
à-l'inſu de ſa Mère, une Lettre à tcs
Parens, qui eſt incluse dans celle-ci,
par laquelle elle s'accuse de t'avoir
injuſtement chargé de la moitié de ſa
faute. Mon motif, dans cette démarche, eſt louable doublement; c'eſt
de te reconcilier avec ta Famille, par la
certitude de ton innocence, & de rendre
la tranquilité à ton Épouse: auſſi
n'ai-je pas perdu un ſeul moment,
& j'ai préféré de partir ſans te voir,

_____

(1) Il paraît que Gaudét, ne dit pas ici tout
ce qu'il a oſé.

à

à te voir sans te servir. *Adieu, chèr Edmond; & ne te laisse pas prévenir: car j'ai bien des Ennemis!. mais ton inexpérience est le plus-dangereus.* P.-s. *Ostensibilem hanc Epistolam feci.*

LETTRE de LAURE, aux Parens d'EDMOND, (dictée par Gaudét).

Mon chèr Cousin, & ma chère Cousine :

*Je vous écris ces lignes à l'insu de ma Mère, afin de vous tranquiliser au-sujet de mon cousin Edmond, que j'ai eu la fablesse d'accuser à ma Mère, crainte d'être battue : mais la vérité est, que ce n'est pas lui qui m'a mal-fait; bien-aucontraire: car c'est en-revenant un-jour du marché à V * * *, que m'étant arrêtée sous des vernes & des aulnes à l'ombre, & m'étant en-dormie, pendant que Robin broutait d'appétit, je m'éveillai à ce que me*

Tome I, II Partie.   K

fesait un gros Blatéyer, qui m'avait surprise, & dont je ne pûs me défendre. Mais comme je ne savais pas ce que c'était, je ne fus pas si en-colère que je l'aurais cru, & je n'en-dis rien tant-seulement à ma Mère, jusqu'au-moment où elle l'a deviné, & qu'avant tout, elle a été tout-justement me nommer mon Cousin, en-disant, —Encore si c'était lui-! Et moi, entendant ça, j'ai dit, que ce l'était. Ensuite elle a appris qu'il était marié; ce qui a fait tout le bruit. Voila tout mon chèr Cousin & ma chère Cousine: ainsi je vous prie de n'en-point vouloir à mon Cousin Edmond. J'ai l'honneur d'être avec respect,

 Votre très-humble & très-obéïssante

  servante,

    LAURE C***.

Vous voyez, chère Sœur, que c'est bien-malheureus qu'on ait accusé le pauvre Frère Edmond!

XI.ᴹᴱ

30 juille

Mᵐᵉ PARANGON,
à URSULE.

[La pauvre Dame montre toujours fon bon &
faible cœur, fans qu'elle f'en-doute.]

NE m'en-veux pas, ma bonne Amie,
du long filence que j'ai gardé avec toi,
quoique je t'euffe promis de t'écrire, &
même de te voir bientôt. Ton Frère a
été malade, après ce que tu fais, puifque
m.ʳ Gaudét, qui eft à Paris, doit t'en-
avoir parlé. Difpenfe-moi de tous les
détails. J'ai vu Edmond aux portes de
la mort : il eft meilleur que je ne croyais,
& fi, je le regardais comme un bon-
cœur. Ce pauvre Garfon ! ah qu'il m'a
touchée ! Il eft à-préfent à S**, pour
achéver de fe rétablir. J'efpère le voir
bientôt de-retour ici. Le voila donc
libre encore !.... Je ne lui dirais pas à
lui-même, mais avec toi, ma Chère, je
puis me donner un-peu plûs de liberté ;

K 2

car tu vois bien que Fanchette sera ta
Sœur : commence à l'envisager sous ce
point-de-vue, & que cela te donne la
confolation dont tu as besoin. Ma chère
Urfule, le terrible lien que le mariage!
Lorfqu'on nous le propose, pour Ceux
ou Celles qui nous font chèrs, nous
devons bien hésiter! & c'eft ce que je fais
à plus d'un égard. Quant à l'envie que
j'ai de voir un-jour celui de ton Frère
avec Fanchette, je m'y livre d'autant
plus-volontiers, qu'il y a encore le temps
de la réflexion. Et-puis, j'ai dans l'idée
qu'il m'eft attaché, qu'il aimera un-peu
ma Sœur par-rapport à moi, & un-peu
auffi parce-quelle fera fort-jolie. N'eft-ce
pas qu'elle le fera? Dis-le-moi fincè-
rement, toi qui n'as pas les ieux préve-
nus d'une Sœur? Je ne m'en-défens
pas; j'aimerais à voir mon Frère dans
Edmond, & à le nommer du même nom
dont tu le nommes...... Il vient de me
tomber une larme! Hélas! ne le nom-

merais-je donc jamais de ce nom si chèr!
Il me semble entendre une voix qui me
dit, *non!...* Mais tout-cela n'est que
chimères de l'imagination troublée. La
mienne l'est beaucoup, & je viens d'é-
prouver de terribles secousses!... J'irai
me calmer auprès de toi, chère Amie:
prépare-moi un cœur bien-tendre pour
recevoir tout le mien. Que Paris va
m'être agréable avec toi! J'y serai
libre; je n'y verrai que ce qui me plaît,
mes deux Sœurs; tout le reste du monde
ne sera rien pour moi. Un-jour, ton
Frère y viendra.... Je voudrais que Fanchette eût quinze ans: on est raisonnable
à cet âge-là ... car je crois que je l'étais:
ne l'étais-tu pas aussi? nous les marie-
rions, & nous serions tous heureus.
Adieu, ma Fille. Je t'ai bien écrit des
choses ausquelles je ne songeais pas en-
commençant; mais la Lettre est faite, &
elle partira.

K 3

X I I.ᴹᴮ

10 augufte.

Réponfes d'U R S U L E,
aux deux Lettres précédentes.

[Elle raconte fon arrivée, & comme la corruption
règne dans les grandes Villes.]

Madame & très-chère Amie :

Votre Lettre m'a fait le plaifir que vous
imaginez, d'avoir de vos précieuses nouvelles : quant aux choses triftes, je les
favais déja, par la Lettre de ma Bellefœur que je joins à celle-ci, & que je
vous fupplie de me rapporter ; car elle
m'eft chère, à-cause de la part d'où
elle vient. Je n'efpère pas de réponfe,
mais votre vue, qui eft pour moi le
plus grand des biens.

Nous fommes arrivées très-heureuse-
ment *. Paris, vû de la Seine, fait
un fpectacle imposant & majeftueus :
mais le dedans a fes desagrémens, comme
vous alez voir, & comme fans-doute
vous le favez. Nous fommes arrivées de-

*Sujet
de la
VII.ᵐᵉ
Eftampe,
qui fert
de fron-
tifpice à
la II.ᵈᵉ
Partie.

grand-jour au port *Saintpaul :* Je suis
descendue la première, plus-hardiment
que je n'aurais cru. La bonne Dame
Canon a eu-peur, en-me voyant aler si
resolument, & elle s'est écriée : —Prenez-garde, Ursule-!... Ce qui m'a fait-
frissonner, je ne sais pourquoi. Mes
genous ont tremblé, quand mes piéds
ont touché la terre, comme si celle de
Paris me devait porter-malheur. Mais
c'était de joie : car ce pays me plaît beaucoup, & je suis très-satissaite de la Capitale ; il ne me manque que la présence d'une
Amie adorée, pour y être heureuse. Mais
il faut que je vous dise un-mot des desagrémens dont j'ai parlé. D'abord la chère
Dame Canon en-est quelquefois de bien-
mauvaise-humeur ! elle nous fait souffrir de toutes les sotises qu'on nous dit,
ou des complimens qu'on nous fait dans
les rues. L'un de ces jours, un Homme
nous suivait le soir, & nous disait je ne
sais combien de choses où je n'ai rien

K 4

compris: nous doublions le pas ma charmante petite Sœur & moi (je l'appelle
ainsi depuis votre chère Lettre, mais
comme par-amitié, sans lui en-dire le
vrai sujet), pour ne pas entendre les
sots propos: m.^me Canon nous a rappelées, & nous a grondées de ce que
nous alions trop-loin devant elle : nous
avons marché doucement, & le vilain
Homme a été à son aise : Mme Canon,
qui bouillait, & qui n'osait rien dire ,
parce-qu'elle avait peur, nous a encore
grondées de ce que nous alions doucement: Nous avons été vîte ; l'Homme
s'est mis entr'elle & nous: elle nous a
encore rappelées suffoquée de colère, &
elle l'a menacé de le faire arrêter : il lui
a ri au néz: effectivement elle avait un air
si comiq, que Fanchette a éclaté; je me
pinçais, moi, pour m'empêcher de rire,
& sur-tout je regardais le vilain Homme,
qui s'est avisé de venir à moi : Il m'a
mise en-colère, au-point que je lui pré-

parais un bon soufflet , lorſque la Garde a
paru. Il ſ'eſt auſſitôt gliſſé entre deux car-
roſſes , & nous ne l'avons plus vu. Après
cela , nous en-avons eu Un-autre plus-
poli , qui nous a fait de jolis complimens,
ſur-tout à m.^{lle} Fanchette , qui me diſait
aſſés haut , —Eſt-ce qu'il nous connaît,
ma Bonne-amie-? C'eſt qu'il diſait que
nous n'avions pas beſoin de parure , &
que nous étions adorables en-deshabiller ;
que nous avions de l'eſprit , & je ne ſais
combien d'autres choſes. Il a beaucoup
ri de ce que me diſait Fanchette , à chaqu'un de ſes complimens ; car m.^{me} Canon, qui donnait le bras à la Cuiſinière,
était à quelques pas de nous , & cet
Homme-ci ne feſait pas ſemblant de nous
parler. Ce qu'il nous diſait était fort-
ſingulier , lorſque nous ſommes heureu-
ſement arrivées à notre porte. Il nous
a regardées entrer , & je l'ai encore
aperçu du balcon, qui reſtait en-extaſe
de l'autre côté de la rue. Cela eſt drôle
ici! comme on ne ſe connaît pas , cha-

qu'on y dit ce qu'il penſe , & on n'eſt pas
retenu comme chés nous & à Au**, par
une ſorte de reſpect-humain , dans la
crainte que ces petits écarts ne ſoient ſus.
Il me ſemble, ſans être philoſophe,
que c'eſt pourquoi le vice va plûs tête-
levée ici qu'ailleurs ; il n'a que le moment préſent de la honte à craindre ;
la choſe paſſée, la rue quittée , on eſt
un Être tout-neuf, & abſolument intact où l'on arrive. Cela eſt commode
pour les Malhonnêtes-gens, & pour tant
de Filles-perdues qu'il y a ici (dit-on.)
Vous voyez que je commence à raiſon-
ner ; c'eſt l'air de ce pays-ci qui en-eſt
cauſe ; & puis, quelquefois de ſur notre
chaiſe aux *Tuileries*, ou au *Palais-royal*,
nous entendons des Femmes *philoſopher*,
comme elles diſent, & cela donne envie de
les imiter. Mais je badine, & je ne ſais
comment cela m'eſt venu. Je vous attens
avec impatience, & je ſuis avec un reſ-
pectueus attachement, Votre &c.ª
Je vous prie de faire-tenir vous-même cette

Réponse à ma Bellesœur, épouse de
mon frère Pierre : parce-que je voudrais qu'elle fût surement remise, &
en-secret.

A sa Bellesœur FANCHON.

[Voila qu'elle lui parle, comme elle pense :
elle a déja fait bien du chemin !]

JE te remercie, très-chère Bonne-
amie, de ta Lettre & de tes sentimens
pour moi. Je me trouve ici très-heu-
reuse ; & comme tu le disais, ça été un
coup-d'or, que m.^{me} Parangon, ma respectable Protectrice, m'ait fait-partir,
comme elle a fait : car, entre-nous, il
ne faut pas qu'on envoye à la Ville, les
Enfans qu'on veut qui demeurent au Village, les manières des Villes sont trop-
agréables, pour qu'on puisse ensuite trouver supportables celles de la Campagne ;
outre qu'à la Ville la vie est bien-plus
douce, & sur-tout qu'on y connaît des
plaisirs que rien ne peut compenser au
Village. Je te parle à cœur-ouvert,
chère petite Sœur, pour te guider dans

tout ce qui me concernera chés nous,
& par l'espérance que j'ai que cette Lettre
ne sera vue de Persone que de toi, & de
la respectable Dame qui te la fait parvenir. D'après ma façon-de-penser, je
t'avouerai que je ne serai pas fâchée qu'on
me trouve un Parti ; car tant qu'on est
fille, on dépend de la volonté de Père
& Mère, & il ne tient qu'à eux de rappeler leur Enfant auprès d'eux. Il est
certain, que les Partis se trouvent à la
Ville plus-facilement qu'au Village ; peut-
être la corruption des mœurs en est-elle
cause ; on regarde ici davantage à la
figure, & on sacrifie plus-volontiers l'intérêt au plaisir : aulieu que chés nous,
tant-pis si les deux ne se trouvent pas
réünis ; car l'intérêt passe avant tout.
Pour moi, je ne suis pas intéressée : mais
j'aimerais à trouver un bon Parti pour
bien des raisons : c'est d'abord que je sais
le plaisir que cela vous ferait à tous ; ensuite, que je suis un-peu orgueilleuse,
un-peu aimant à être parée : car la beauté

eſt un beau préſent de la Divinité: ôte
ſa charmante figure à m.^{me} Parangon,
elle ſera toujours une excellente Dame,
mais ce ne ſera qu'une Femme ; aulieu
que c'eſt une Déeſſe, qui tient fixés ſur
elle les ieux & les vœux du tout ce qui
la connaît, ſur-tout d'Edmond & d'Urſule R**: qu'on t'ôte ta jolie figure,
ma chère Fanchon, ton Mari t'aimera
encore pour tes qualités ; mais te regar-
dera-t-il avec cette admiration & ce
tendre ſentiment de reconnaiſſance envers
Dieu, qui t'a donnée à lui ! Et pour
parler auſſi un-peu de moi, ſi je n'avais
rien, rien du-tout en ma faveur, Edmond aurait-il ſongé à me procurer tous
les avantages que je lui dois, & qui ſont
ſi grands, que le ſeul de m'avoir donnée
à m.^{me} Parangon, vaut la vie, & plûs,
car c'eſt le bonheur ? Quant à ce chèr
Frère, il faut auſſi conſidérer, que ſa
beauté donne bien du relief à ſes bonnes-
qualités, &, je crois, lui attache ſes
Amis : car il en-a qui lui ſont tout-dé-

voués , & une Protectrice , qui veut
l'élever jufqu'à elle , par le don d'un
petit Tréſor , que j'ai le bonheur d'avoir
ici pour compagne. On peut donc légitimement avoir envie d'être belle , de
plaîre , & d'augmenter ſa beauté : pour
moi , je ne m'en fais auqu'un ſcrupule , &
j'y mets tous les foins que je puis , fans,
nuire à mes devoirs ; car je regarderais
comme un mal d'y donner tout ſon temps,
& de ne fonger qu'à cela. Après t'avoir
ainfi parlé , chère Sœur , il convient que
je te témoigne tout ce que ta Lettre m'a
cauſé d'amertume , relativement au chèr
Edmond : tu fais tout ce qu'il m'eſt : car
fi je dois aimer mes autres Frères comme
frères & comme bons-amis , fur-tout
Pierre R** , je dois aimer Edmond
comme Père ; oui , je dois partager le
fentiment filial , entre notre vénérable
Père , & ce Frère fi bon à mon égard ;
& telle eſt ma poſition , que plûs j'aime
mon Frère , & plûs j'aime m.ᵐᵉ Parangon
& la Ville ; & que plus j'aime ma Protec-

trice & la Ville, plûs j'aime mon Frère
Edmond : ces deux fentimens rentrent
l'un dans l'autre.

A-préfent je vais te parler de l'Ami
d'Edmond, Ami comme il n'y en-a point ;
je le vois par ce que tu me marques à fon
fujet, relativement à Laurette. Cette
action de m.r Gaudét, fuppofé qu'il ait
trompé, je crois qu'on la peut excufer,
en-faveur de fon amitié pour Edmond : car
Edmond fe fait aimer fi-bien, qu'on n'eft
pas toujours maître de le fervir comme
l'exacte juftice le demande. Je te dirai,
à cette occafion, que j'ai vu Laure : mais
Perfone ne le fait, pas même m.me Canon.
* Nous étions forties feules, m.lle Fanchette & moi, pour aler à l'églife, m.me
Canon étant indifpofée : juftement à la
porte de *Sainteuftache*, un Monfieur m'a
faluée par mon nom : je ne le voyais pas,
à-caufe de ma calèche ; mais fa voix ne
m'étais pas étrangère. Je l'ai voulu regarder, & aulieu de lui, j'ai vu Laurette
devant moi, qui m'a embraffée. Elle eft

* Sujet
de la
VIII.me
Eftampe

jolie comme un cœur, & envérité je l'ai
aimée; ce qui eſt une nouvelle preuve
que la gentilleſſe eſt un grand avantage !
nous avons cauſé, mais peu, à-cauſe du
temps qui nous manquait, & les choses
qu'elles m'a dites ne m'ont pas ſurpriſes,
car je m'en-doutais. Elle a tout-à-fait
bonne-grâce, malgré ſon état, & elle eſt
très-formée pour le raiſonnement : je la
verrai quelquefois, ſi m.^{me} Parangon le
trouve-bon ; nous-nous le ſommes pro-
miſes ; mais j'ai mis la condition que je
viens de dire. Voi, pourtant, ma chère
Sœur, ce que c'eſt qu'une grande Ville!
Nous voila que nous–nous parlons, &
que Perſone ne le trouve-mauvais! ſup-
poſe notre Village, que de diſcours! Il
aurait falu paſſer notre vie à nous regarder
noir, ou nous expoſer à mille deſagré-
mens. Je dois jouir dans peu du bonheur
d'avoir ici m.^{me} Parangon : Écris-moi
par cette occaſion, qui eſt la plus-ſûre.

⚬⚬⚬⚬⚬

XIIIme

XIIIME   20 auguſt.

F A N C H O N,
à U R S U L E.

[Ma Femme décrit ici la réception, le ſéjour &
ledépart de mon Frère Edmond.]

J'ÉCRIS cette Lettre, très-chère Sœur,
pour la faire tenir à m.^{me} Parangon le
plutót poſſible, afin de ne pas manquer
l'occaſion de ſon départ. Je vous dirai
que nous avons ici Edmond depuis trois
ſemaines: & je ne lui ai pourtant pas
montré votre Lettre, ni à Perſone; car je
l'ai trouvée faite tout-à-fait pour Femme,
& point-du-tout pour Homme, qu'il nous
ſoit tant proche qu'on voudra. Et je
ne répondrai à rien de ce que vous me
dites ſur la beauté: puiſquem.^{me} Parangon
a vu votre Lettre, & qu'elle verra auſſi
la mienne, je la crois bien-ſuffiſante pour
vous dire tout ce qu'il faut, & mieux que
mon petit eſprit, qui ſe peut tromper,
en-croyant dire-merveilles; car je ſuis

Tome I, II Partie.   L

plus-défiante de moi & de mes lumières
que jamais. Pour-à-l'égard de Laure,
que vous avez vu & parlé (1), mon
fentiment eft, que vous avez bien-fait;
car c'eft notre Parente, & dès que dans le
Pays où vous êtes, il n'y a auqu'un fcandale
à fe parler, parce-qu'on ne fait ce qu'il
en-eft, je penfe qu'il eft toujours bien
de fe rapprocher. Mais il faut vous parler d'ici, & vous dire que j'entens vôtre
demi-mot, vu qu'Edmond ne me laiffe
rien ignorer de la vérité, non-plûs qu'à
fon Frère, & à m.^me Parangon elle-même,
qui eft inftruite: car il m'a montré la
Lettre qu'il lui écrivit le 2 du préfent
mois (2), que j'ai trouvée très-belle, &
où il contait les derniers-momens de fa
Femme: fans-doute que m.^me Parangon
vous la montrera, ainfi que deux autres;
c'eft-à-favoir la copie d'une qu'il a écrite à

_____

(1) Cette faute de langue eft familière, dans
la Province.

(2) C'eft la LXme du PAYSAN, *p.* 266.

m.^r Gaudét, & la Réponſe qu'il en a eue.
Ce que j'ai à-faire à-préſent, eſt de vous
dire, comment Edmond ayant, à ſon arrivée ici, démenti le bruit qu'avait fait courir
la Lettre de m.^r Gaudét, il ſ'eſt derechef
expoſé, par ſa franchiſe, à tout le courroux
de notre vénérable Père, qui ne peut
ſouffrir rien de contraire à la bonne-con-
duite : Ceci n'eſt pas inutile à vous dire,
puiſque ça vous fera ſentir combien il eſt
terrible de manquer à ſon devoir devant
votre digne Père, l'image de Dieu ſur
terre à notre endroit. Edmond arrivait
avec mon Mari, qui l'avait été chercher
à-cauſe de ſa convaleſcence, & qui l'avait
trouvé à *Saintbris*, venant ſur un cheval-
de-louage ; & qui en-voyant ſon Frère
changé, a couru à lui, & l'a deſcendu
à-terre, dans ſes bras, en-lui diſant :
—Mon chèr Frère, mon chèr Edmond !
je te revois ! ah ! mon Ami ! j'en-bénis le
Bondieu, & de ce que la maladie qu'il t'a
envoyée a montré ton bon-cœur, & ton

L2

innocence-! Et il l'a porté dans la carriole, comme fi c'eût été un Petit garfon
de neuf à dix ans, &-puis il y eft monté
à-côté de lui, & ils fe font mis à-caufer:
Mais Edmond avait quelque-chofe fur le
cœur, au-fujet de cette innocence dont
fon Frère lui venait de parler, & il lui
en-a demandé l'explication : & Pierre la
lui a donnée : & Edmond a dit la vérité.
Mon Mari a baiffé la tête, &-puis la
relevant, il f'eft jeté au cou de fon Frère,
en lui difant : —Et la vérité auffi eft une
vertu, & nous ne fommes pas, pauvres
Mortels, pour les avoir toutes-! Les
voila qui font arrivés comme-ça. Et
notre bon Père & notre bonne Mère, qui
attendaient leurs Enfans, parlaient d'eux
toute la journée, tantôt entr'eux, tantôt
à nous ; & notre bonne Mère f'enalait
à chaque quart-d'heure fur la montée du
grenier, où eft le perron, & elle regardait par le chemin de la montagne, fi elle
verrait une carriole la defcendre, & elle

appelait tantôt Brigitte, tantôt Marthon,
plus-souvent Christine, & quelquefois
moi : —Oh Fanchon! vous qui avez de
si bons ieux, voyez-donc voir (1), mon
Enfant, si vous ne verriez pas la carriole
descendre la montagne? m'est avis (2) que
je la vois? —Non, ma Mère, il n'y
a rien, que des charrues qui s'en-re-
viennent. —O mon Enfant! c'est la
carriole!... Augustin-Nicolas, tiens,
viens-donc voir? N'est-ce pas-là la carriole! —Non, ma Mère, c'est *Colin
Peupeu*, en-chemise, qui vient de la
charrue-. Et elle ne nous croyait quasi-
pas; car la chère bonne-Femme n'avait
dans le cœur, l'esprit & les ieux que la
carriole, & elle remontait à-tout-moment, tant-plûs le jour s'avançait: Et
elle a aussi appelé notre bon Père vers le
soir: —Mon Homme, la voila! la

____

(1) *Voyez donc voir*: façon-de-parler du
Pays d'Ursule.
(2) *Il me semble*: ancien gallicisme.

voila-! Et le bon Vieillard eſt monté,
& on a vu qu'il ſouriait : mais il a encore
de bons ieux, & il a dit doucement,
—Non, ma Femme, ce n'eſt pas la car-
riole- : & il eſt redeſcendu, en-diſant à
Georget, qui arrivait bien-las : —Georget, va-t-en-donc audevant de tes Frères-.
Et nous qui voyions comme il était las,
nous avons dit à notre Père, —Mais il
eſt trop-las, mon Père ! —Eh-bien,
Bertrand- : Et Bertrand y a couru.
Mais Georget y a voulu aler auſſi, & il
ſ'eſt caché, pour qu'on ne le vît pas ſor-
tir, & il a dit à Bertrand, —Alons,
alons, fuſſent-ils à deux lieues ; je monterai
dans la voiture en-revenant, & ça me
reposera comme dans mon lit-. Et ils y
ont été ; mais pas loin ; car quant-&-
quant que le jour tombait, & que notre
bonne Mère montait encore au perron,
bien qu'on n'y voyait plus goutte, &
qu'elle nous appelait encore, ſi-bien que
notre bon Père ſ'eſt mis à-rire, en-lui

disant, —Ma Femme, ma Femme, ce
n'eſt pas vos Enfans qu'il faut appeler pour
voir, mais adreſſez-vous aux Oiseaus-
de-nuit; car il n'y a plus que les Chouettes
& les Chauvefouris qui puiſſent y voir-.
Ce qui l'a rendue honteuse; & elle deſ-
cendait, quand on a vu la Chienne Fri-
quette, que mon Mari avait menée, qui
eſt venue à notre Père en-joie, comme
quand il y a longtemps qu'elle ne l'a vu.
Et auſſitôt notre bon Père a ouvert le
Livre de *Tobie*, à l'article du Chien, &
il nous a dit à tous : —Alez audevant
de vos Frères; car ils arrivent-. Et
notre bonne Mère ſ'eſt appuyée ſur nous
deux Chriſtine, & elle y a couru comme
elle pouvait; car ſes genous tremblaient.
Et nòtre bon Père l'a regardée, ouvrant
la bouche, comme pour lui parler; mais
il ne lui a rien dit : & ſe tournant vers
moi : —Il faut la laiſſer faire : ma Fille,
ne la quittez pas; car elle va revoir Celui
qui nous a peinés; & tant-plûs on l'a

peinée, tant-plûs elle aime: Dieu la veuille bénir! c'eſt une bonne Femme-! Mais pendant tout-ça, voila que la carriole eſt entrée dans la cour: & Georget en-eſt deſcendu, car Bertrand était à-piéd, menant les chevaux; enſuite mon Mari; &-puis Edmond... Et quand il a paru avec ſa paleur, voila que notre bonne Mère ſ'eſt récriée, —Mon Fils! ô mon pauvre Fils-! & la chère bonne-Femme tombait. Edmond eſt venu l'embraſſer & la ſoutenir. —Mon pauvre Fils, je te revois! je mourrai contente! mon chèr Fils-! & par ſon empreſſement à l'embraſſer, elle ne le pouvait, car elle lui baiſait les cheveux aulieu du viſage, & quelquefois les mains; elle était comme en-ivreſſe.... Et voila les Mères: que Dieu eſt bon d'avoir fait ſi-tendre les Mères!... Et elle ne ceſſait de dire, Mon Fils, comme ſi elle n'eût eu que lui: auſſi Edmond lui a-t-il dit, en-montrant ſes Frères: —Les voila, vos Fils, & il n'y

en-a

en-a pas Un là, qui ne vaille mieux que
moi : & voila votre digne Fils, mon chèr
Aîné. —Je vous aime tous, a dit la
bonne-Femme, en-fuffoquant, mais...
mon Edmond, j'ai été deux jours à croire
que je ne t'aurais plus-. Et auffitôt deux
fontaines de larmes font forties de fes ieux;
ce qui l'a foulagée : Et Edmond & Pierre
l'ont à eux-deux remmenée par deffous les
bras, & ils l'ont affise auprès de notre bon
Père, qui s'est gravement levé, en-
voyant Edmond, & a dit : —Mes Fils,
mes Filles, je fuis bien-aise, que vous
voyiez ce cœur de Mère, à-celle-fin que
vous aimiez Dieu votre Père, comme
elle vous aime... Bon-foir, Edmond.
—Mon chèr Père-! & il s'est mis à fes
genous quasi. Et notre Pere l'a embraffé,
en-lui difant, —Je ne t'aurais pas embraffé coupable-. Et Edmond s'est auffitôt retiré, en-difant incliné, —Et je
le fuis, mon Père-. A ce mot, notre
Père s'est affis, le front févère, & n'a

Tome I, II Partie. M

plus parlé qu'à mon Mari, dans toutes
les queſtions qu'il a faites. Ce qui a
quaſi glacé notre bonne Mère. On a
ſoupé, & on ſ'eſt alé coucher, ſans
qu'il ait redit une parole à Edmond, ni
le lendemain non-plûs : mais comme Edmond empirait, mon Mari a parlé à ſon
Père, & ce bon Père a reparlé à ſon Fils,
mais ſans le tutoyer : & il a dit à-part
à ſon Aîné : —Pierre, c'eſt une pauvre
Femmelette qu'Edmond, & Ça ſe croit
Homme ! Ça n'a pas de nerf pour reſiſter
au vice, & dès que quelque-choſe plaît
à Ça, Ça ſe laiſſe aler : mon Fils, ayons-
en pitié ; car je m'étonne tant-ſeulement
qu'il ait eu la force d'être vrai à ſes dé-
pens, & je trouve en-lui par-delà de
ce que j'attendais-. Et il lui a reparlé
depuis ce moment comme à-l'ordinaire,
lui gardant une bonne remontrance, pour
quand il ſe portera mieux. Voila, très-
chère Sœur, ce que j'avais à vous raconter.
Je vais remettre ma Lettre au Regratier,

pour m.ᵐᵉ Parangon , & fi j'apprens dans
quelque-temps que cette bonne Dame ne
foit pas encore partie, je récrirai des chos-
plus-nouvelles, que je lui ferai remettr
avec celles-ci, pour qu'elle ait la bonté de
n'en-faire qu'un paquet.   Et quant à ce
qui eſt de la ſanté d'Edmond, je trouve
qu'il ſe refait d'un-jour-à-l'autre. J'ajoute,
chère Sœur, que ma ſituation eſt telle
qu'elle doit être en-mariage : priez Dieu
pour moi ; je ne ſuis pas ſans crainte, mais
je ſuis ſoumiſe & reſignée.   Si une Mère
comme la vôtre eſt ſi-tendre, qu'eſt donc
Dieu, le meilleur des Pères, à qui je
remets ma vie !

5 novembre,

Jᴇ reprens aujourd'hui la plume, chère
Sœur, parce-que j'apprens, que m.ᵐᵉ
Parangon va partir auſſitôt le retour de
mon Frère. Il nous a quittés il y a trois
jours, après environ quatre mois de ſéjour
ici, qui ont été néceſſaires pour rétablir
ſa ſanté ; & nous ne l'avons vu partir

M 2

qu'avec bien du regret! car il nous avait
r'accoutumés à lui, ainfi que notre bon
Père lui-même, qui le voyant inftruit,
aimait à paffer le temps à converfer avec lui
fur toutes choses nouvelles ; fi-bien qu'on
voit à-préfent qu'il le trouve à-redire,
car il va & revient fans-ceffe, f'arrêtant,
en-fefant le tour de l'enclos, dans les
endroits & fous les arbres, où lui &
Edmond f'affeyaient, & on dit qu'on lui
a vu les larmes aux ieux. Mais il faut,
chère Sœur, vous raconter le départ d'ici.
Il y a huit jours qu'Edmond f'occupait à
finir pour l'église de *Perci-le-fec* un Saintpaul, qui en-eft le patron, commencé
depuis longtemps, quand un Monfieur
qui paffait vint le demander à notre Père.
—Il eft là, Monfieur, qui travaille à
la peinture d'un Saint-. Et il l'y a conduit.
Le Monfieur a regardé le tableau, & il
a dit, Que fait Monfieur ici? C'eft un
meurtre qu'il f'enfeveliffe dans un Village.
Et notre bon Père, qui aime à tous notre

avantage, s'est auffitôt enflâmé, & il a
dit au Monfieur,   —Oh ! il n'y reftera
pas-!   Et le Monfieur f'en-eft alé, aprés
avoir dîné à la maison, où il a beaucoup
parlé des Peintres, dont il nous a conté
des hiftoires', que vous devez bien favoir,
très-chère Sœur, étant à la fource.   Et
depuis ce moment, notre Père n'a fait
que parler du départ d'Edmond, dont il
femblait f'éloigner auparavant;   & on
voyait qu'Edmond n'en-était pas fâché :
ce qui a fait foupçonner à mon Mari, que
ce Monfieur pourrait bien-être venu de-
concert avec lui, ou tout-aumoins avec
m.^r Gaudét; ce qui ferait affés fin d'une
part, & marque d'amitié de l'autre : car
enfin Edmond eft à-préfent pour la Ville,
& la Ville eft pour lui.   Tout f'eft donc
préparé pour fon départ; & notre bonne
Mère f'eft mise à fe dépêcher de lui mettre
tout en-bon-ordre;   les jours n'étaient
plus affés longs, & elle nous fesait toutes
veiller bien-tard : auffi Brigitte, un-foir

qu'elle avait bien-envie de dormir, s'est-
elle mise à lui dire, en-son style que tu
connais : —Mondieu, ma Mère ! on dirait
que vous avez hâte que mon Frère Edmond
s'en-aille, que vous nous faites tant dé-
pêcher-! Et voila que la pauvre bonne
Mère s'est arrêtée tout-court. —T'as
raison, mon Enfant-! Et les larmes lui
sont coulées grosses des ieux. Mais elle
s'est remise à l'ouvrage, en - disant :
—Mieux vaut se dépêcher, & le voir
une heure de moins, qu'il ne lui faîlle
quelque-chose, quand il n'y sera plûs, à
ce pauvre Enfant-! Enfin le triste jour
est venu bien-vîte ; & le soir de la veille
vers la nuit, mon Mari est entré, & a
dit à notre Père : —Mon Père, la carriole est prête ; vous plaît-il venir voir si
rien n'y manque ? —Je m'en-rapporte
bien à toi, Pierre ; tu es mon Fils attentif
à tout, & je n'ai su encore du-depuis que
tu es mon aide, te trouver en-defaut ;
outre que tu as travaillé pour ton Ami.

—Oh!-oui! mon Père, vous l'avez dit:
mon Ami, autant que mon Frère.
—Je le fais bien, mon Pierre, & il m'eſt
bien-doux de le dire, en ce moment, où
va venir la ſéparation-! Et notre bonne
Mère écoutait tremblante & pâle, comme
ſi on lui eût appris une nouvelle inatten-
due: & il faut dire que tous nous étions
de-même. Et Edmond l'a vu, & il a été
embraſſer notre Mère, puis moi, en-me
diſant: —Chère Sœur, je ne vais pas
loin, ma Mère le ſait; & j'eſpère revenir
ici, à la belle journée que vous nous
préparez (1)-. Ce mot qu'il a dit-là, a
bien-fait; car notre Père a ſouri, &
notre bonne Mère m'a dit, —Il ſonge
à tout, & m'y fait ſonger, ma chère
Fille! que Dieu le béniſſe-! Et elle a
paru un-peu conſolée; car elle a dit,
—Nous avons plûs reçu de biens de la
main de Dieu, que nous ne méritons;

(1) Elle était fort-avancée dans ſa groſſeſſe.

M 4

pourquoi n'en-recevrions-nous pas les
maux-? Cependant notre Père a été voir
la charrette-couverte, & y a mis la main,
quoique tout fût bien-arrangé, voulant
avoir travaillé pour fon Fils; & il parlait à fon Aîné ni plûs ni moins que fi
c'eût été fon camarade, lui disant Toi,
& fe familiarisant, fans mot de Fils, ni
autre: mais à Edmond, il lui disait
Vous, & répétait avec complaisance
le mot de mon Fils, plus-fouvent que
de-coutume, & que le difcours ne
femblait le demander. Je prenais-plaisir
à voir tout-cela, chère Sœur; car c'eft
un doux & agréable fpectacle, que la
bonne-union d'une Famille! Et-puis
notre Mère eft venue auffi voir la charrette-couverte, & ce qui était dedans
pour affeoir fon Fils: Et mon Mari lui
a dit: —N'y manque-t-il rien, ma
Mère? —Oh-non, mon Fils, & ton
pauvre Frère fera bien en-f'en-alant-. Et
cet *en-f'en-alant*-là, n'a pas été fans un

fanglot. Et-puis on eſt venu ſe mettre à-
table pour ſouper. Chaqu'un était triſte
& gardait le ſilence, au-point que mon
Mari, qui eſt ferme, comme tu ſais, a
laiſſé couler une larme, qu'Edmond a vue
le premier, & il ſ'eſt jeté à ſon cou, ſans
rien-dire ; & quand ils ſe ſont quittés, tous-
deux étaient en-eau : ce qui a tellement
attendri notre bon Père, que les larmes
lui roulaient dans les ieux : Et montrant
ſes deux Fils à nous-tous, d'un geſte
ſans parole, ſa noble & vénérable figure
m'a paru celle d'un Dieu, comme dit
ſouvent Edmond, en-parlant de lui. Et
notre bonne Mère regardait ainſi ſon
digne Mari, avec admiration, & comme
ſi elle eût été non ſa compagne de trente
ans & plûs, mais ſa Fille. Et pas un
mot de parole, pendant tout-ça ; nous
n'avions que des bondiſſemens de cœur,
ſans rien trouver à dire, qui pût exprimer nos penſées. Et voila que Pierre,
mon honorable Mari, comme le plus-

ferme a parlé le premier : —Edmond ,
mon chèr & aimé Frère, que je vais cesser
de voir , & non d'avoir présent , car je
te porte-là , comme uni avec toi de corps
& d'âme , telle est la volonté de Dieu ,
que notre joie , notre bonheur & notre
honneur soient en-toi ; ainsi que la sa-
tiffaction, repos & tranquilité de vieilleffe
de nos chèrs Père & Mère ; garde-s-en le
dépôt, & le conferve ; & quand tu verras
l'Autre toi-même d'un-autre féxe , image
de notre bonne Mère , comme tu la portes
fur ton visage de notre excellent & vénérable Père , dis-le lui , & fongez tous-
deux , que vous êtes la partie de nous-
même qui eft à la Ville , & que tout ce que
vous y ferez de bien , nous le ferons , &
que tout ce que vous y feriez de mal , nous
le férions auffi , & en-porterions la honte
& la peine : mais non , non ! auqu'un mal
ne fortira de mon aimable Frère , image
de mon Père ; ni de mon aimable Sœur,
image terreftre de ma Mère, & ils feront à

leur façon à la Ville, ce que font ici leurs
vénérables & faints Modèles. *Amen*.
Dès qu'il a eu dit *Amen*, tous, & moi
aufli, nous fommes écriés *Amen*, *amen!*
Et notre Père f'eft levé priant : Enfuite
il a dit : —Mon Fils Pierre : vous venez
de bien & dignement parler, & je bénif-
fais à-l'inftant Dieu de m'avoir donné un
Fils tel que vous : Mes Enfans, voila
votre fecond Père, quand je ne ferai plus;
& moi-même je le regarde comme l'image
de Pierre R**, mon digne Père, & je
le refpecte à cet égard, quoique mon
Fils. Edmond, mon Ami, ainfi que
l'eft ton Frère-aîné, tu vas nous quitter !
que Dieu te bénifle, mon Fils, & qu'il
infpire à ton bon-cœur de dignes fentimens, qui faffent ton bonheur en cette
vie, par l'eftime des Honnêtes-gens, &
en l'autre, devant le Dieu de miféricorde.
Amen. Enfuite il l'a embraffé, en le
ferrant contre fon fein paternel, & lui
difant, —Porte ce paternel embraffe-

ment à Urfule quand tu la verras, &
dis-lui, que l'éloignement d'un Enfant,
ne fait que rendre plus-fenfible le cœur
d'un bon Père : qu'il aime tous fes Enfans, mais au-double dans l'abfence-. Et
le bon Vieillard n'a pu retenir fes larmes,
& il a même fangloté, en-difant, —Ces
larmes font amères-! Puis il a pris lui-
même Edmond, & l'a mis dans les bras
de notre bonne Mère, à qui il a dit,
—Femme, voila votre Fils ; bénifiez-le
auffi-. Mais la bonne & excellente
Femme n'a répondu que par un long fanglot, qui nous a déchiré l'âme ; & enfuite elle a dit : —N'ai-je donc mis au-
monde mes chèrs Enfans, que pour m'en-
féparer !... —Il le faut, ma Femme.
—Oui, mon Mari ; mais excufez ma
douleur ; c'eft celle d'une Mère qui
quitte fon Fils, & qui a quitté fa
Fille. —Il nous en-refte, ma Femme,
& de dignes. —Sans eux, mon chèr
Mari, & fans vous, y ferais-je encore-!

Et elle a baisé Edmond deux-fois, en-lui
disant, —Chèr Fils, comme a dit ton
Père, l'absence te fera aimer au-double
des Autres: dis bien à ta Sœur, que sa
pauvre Mère, à chaque-fois qu'elle voit
ses chèrs Enfans, les compte comme le
bon Pasteur son troupeau, & qu'elle dit,
Il me manque Ursule, & que c'est à
chaque-fois un coup-de-poignard dans
son pauvre cœur. Oh! oh! je dirai,
à-présent tous les jours de ma vie: —Il
me manque Edmond! il me manque
Ursule! & je dévorerai mes larmes, pour
ne point attrister ni le Père, ni mes autres
Enfans, que Dieu bénisse, car ils sont
bons tous, tous, & l'Aîné est la bénédiction du Seigneur sur nous; c'est le fruit
de la bénédiction, que l'honorable Pierre
donna à son Fils, votre Père, mes chèrs
Enfans, la veille de notre mariage-. Et
il a semblé que ces mots l'aient consolée:
car la bonne & excellente Femme s'est
levée sereine, & elle a dit: —Alons,

mes Enfans, voyons ſi nous n'oublions rien pour votre Frère ; car demain-matin, on ſera trop-preſſé pour y ſonger-. Je paſſe les petits détails, chère Sœur. Et le lendemain, dès le matin, notre Père, qui ſ'éveille toujours de bonne-heure, ſ'eſt levé doucement, & il a été éveiller Edmond ; car mon Mari était debout, & déja prêt : &-puis, ſans que Qui que ce ſoit que moi les ait entendus, ils ſont ſortis de la cour, les roues de la carriole roulant ſur du fumier que mon Mari avait répandu juſque dehors ; ſi-bien qu'on ne l'a pas entendue : notre bon Père a monté dedans, & je me ſuis trouvée à la porte du preſſoir, où j'ai tendu les bras à Edmond ; qui ſ'eſt jeté à-terre pour me venir ſerrer contre ſon cœur. —Urſule, lui ai-je crié, Urſule-! C'eſt tout ce que j'ai dit ; car ſon Père le rappelait. Et ils ſont partis. Je ne me ſuis pas recouchée ; j'ai été à la porte de notre bonne Mère, où j'ai attendu aſſiſe

qu'elle s'éveillât.   Ça n'a pas tardé d'une
demi-heure ; je l'ai entendue se lever &
parler.   Aussitôt je suis entrée. —Déja
vous, ma Fille ! en-votre état ! il falait
reposer : je m'en-vais l'éveiller-.   Je la
retenais embrassée : mais elle a été au lit
d'Edmond, dans la petite chambre, & elle
y a tâté.   —Il est levé ! le lit est froid ! il
y a longtemps !   —Ma bonne Mère, ils
sont.... —Partis !... ah ! je ne verrai
plus mon Fils-!...   Et elle est quasi
tombée sans connaissance.   Tous nos
autres Frères & Sœurs, qui l'avaient
entendue, sont venus, & ils lui ont dit
un mot de moi.   La bonne chère Femme !
elle s'est rassise tout-de-suite, & elle a
tâché de rire, en-m'embrassant.   Je lui
ai dit tout-bas :   —Il vaut mieux pleurer,
si vous en-avez envie-.   —Oh-oui ! ma
chère, chère Bru-!   Et elle a pleuré ;
& quand le jour a été grand, elle a été
regarder par-tout, comme si elle l'y eût
dû trouver.   Enfin notre bon Père est

revenu ; & elle a été à fa rencontre, en-lui disant affés posément : —Sont-ils loin? —Bien à Saintbris, ma Femme, & votre Fils-aîné, à fon retour, vous rendra-compte de l'heureus voyage (1)-.

Ma chère & bien-aimée Sœur, voila tout ce qui f'eft paffé, & où vous n'avez pas été oubliée. Dieu vous béniffe, & priéz pour moi, chère Bonne-amie.

---

(1) Voila la Femme : il n'y a là ni caprices, ni faiblefles : c'eft une maternelle tendreffe ; c'eft une foumiffion d'épouse ; une modefte retenue ; une attention à ne rien faire qui foit déplacé : O Femme ! que tu es refpectable avec ces quali-tés ! . . . . [*L'Éditeur.*

*XIV.*ᴹᴱ

XIV.me

M.me PARANGON,
à URSULE.

[Elle montre son bon-cœur & sa faiblesse.]

ME voila prête à partir, ma chère
Fille : Mondieu que d'obstacles, quand
on veut aler où notre goût & la raison
nous appellent ! J'ai cru que je ne pourrais les vaincre ! Mais enfin ils le sont.
Il m'a falu attendre ici le retour de ton
Frère, rester à sa portée, en-cas qu'il
eût besoin de moi; il a falu qu'il ména-
geât son retour à la Ville, sans blesser
vos vertueus Parens : tout cela n'a pu
sé faire tout-d'un-coup. Mais le voila
de-retour, & rien ne saurait plus m'arrêter; tu me verras dans la quinzaine.
Chère Bonne-amie! quelle respectable
Famille que la vôtre! quand je ne t'aurais
pas aimée, ce que je viens de lire me ferait
tout entreprendre pour toi : c'est une
Lettre de ta Bellesœur, ou plutôt, c'est

Tome I, II Partie. N

un trésor de fenfibilité, qu'elle t'envoie. J'en-fuis fi touchée, que cela m'engaje à te donner la fuite du récit, je veux dire l'arrivée de ton Frère auprès de moi : ne crois pas, ma chère Fille, que je puiffe l'égaler ! quelque-vifs & fincères que foient mes fentimens, ils ne font que de glace auprès de ceux qu'exprime fi-bien FanchonBerthier dans fon ftyle naïf. Cependant, depuis le dernier malheur d'Edmond, les vues que j'ai pour lui, devant légitimer mon attachement, j'ose enfin m'y livrer... Mais je ne fuis toujours qu'une Étrangère ; & qu'eft-ce que la fimple amitié, auprès de la belle nature, dans fa pureté, telle qu'elle exifte chés vous ?

Ton Frère ne m'avait pas écrit fon arrivée : j'étais feule le 3 de ce mois vers le 10 heures du matin, m.ʳ Parangon étant à la campagne, lorfque j'ai entendu une carriole f'arrêter à la porte. J'ai envoyé *Toinette* (1) voir ce que c'était.

_____

(1) Fille qui avait fuccédé à Tiennette.

Elle est remontée aussitôt toute-essoufflée,
—Madame! Madame! je crois que c'est
m.^r Edmond-! Je voulais la gronder de
la manière effrayante dont elle m'annonçait une nouvelle agréable : mais j'ai senti
que j'étais si troublée moi-même, qu'il y
aurait eu de l'injustice. Je n'ai vu Edmond
qu'assés pour le reconnaître, avant qu'il
m'embrassât ; car il est venu comme
l'éclair ; il me pressait vivement contre son
cœur, me nommant tantôt Madame, tantôt sa chère Cousine ; du reste, ne sa-
chant ce qu'il disait. Je me laissais doci-
lement embrasser ; je n'y songeais pas,
& je t'assure que je n'ai rien à me reprocher. Enfin, j'y ai songé, assés pour
lui parler. Le bon Aîné est entré alors :
Oh! Celui-là, je n'ai pas attendu qu'il
vînt à moi ; j'ai été à lui, & c'est moi,
je crois, qui l'ai embrassé, ou qui le lui ai
rendu, n'importe, ç'a été de-tout-mon-
cœur : mais je l'aurais embrassé dix-
fois, si j'avais eu lu ce qu'on t'écrit. —J'ai

N 2

voulu defcendre. ici , m'a dit Edmond :
ce doit être ma première visite ; l'Univers
ne renferme que Vous, mes Parens, &
ce qui eft à nous à Paris-. Pierre m'a
enfuite remis la Lettre pour toi, toute
ouverte ; ce qui m'a flatée : mais j'étais
trop-occupée en ce moment pour la lire.
J'ai dit à Pierre : ——Mettez votre voiture fous la remise , & ôtez le Cheval ;
je vous garde ici tous-deux jufqu'au foir,
que vous irez enfemble chés Edmond,
ou que vous refterez ici, à votre chois.
——Il faut que je m'en-retourne, a dit
Pierre ; mon Frère le fait-. ——En ce
cas, menez repofer votre Cheval, &
je vais faire hâter le dîner-. Il y eft
alé, après un petit rafraîchiffement verfé
de ma main. ——Ma chère Coufine! a
dit Edmond, je vous revois donc enfin,
& je vous revois tel que je vins ici pour
la première-fois, avec la robe de l'innocence & de la candeur ! ——Laiffez-moi
lire cette Lettre, lui ai-je dit ; car on le

veut, je le vois bien, & je suis pressée
de savoir ce qu'on y dit à mon Ursule : l'avez vous lue ? —Non, ni son
Mari non-plûs ; nous avons parlé tout le
long du chemin, sans qu'il en-ait été
question.... Ma chère Cousine, je renais,
en - me retrouvant auprès de vous....
Mais lisez ; il me suffit de voir que vous
êtes-là : je ne vous interromprai plus : je
neveux que tenir cette main : cela doit être
permis aubout de quatre mois, sans tirer
à-conséquence, je vous en-assure-! Je la
luiai laissée, & j'ai lu. Envérité, je me suis
tout-à-fait oubliée durant cette lecture :
car Edmond a baisé ma main, sans que j'y
songeasse ; j'étais si touchée, que mes
larmes coulaient. J'en-étais à la dernière
ligne, quand Pierre est rentré, le Domes-
tiq ayant voulu se charger du-surplûs des
soins que demandait son Cheval. Je n'é-
tais plus à moi : je me suis levée vivement,
& j'ai été prendre votre Aîné par la main,
en-lui disant : —Digne & respectable

Frère, asséyez-vous-là, tout-près de moi, & regardez auffi Colette C** comme une Sœur; car j'aime tendrement Urfule, & j'en-fuis aimée; que je la remplace en-ce moment à vos ieux; prenez-moi pour elle-. Il m'a répondu des choses très-agréables; car il a de l'efprit: enfuite regardant fon Frère, il lui a dit: —Je reconnais-là ton bon-cœur. —Edmond vous chérit, & ne parle de vous qu'avec les fentimens que vous méritez; mais vous devez en-ce moment votre admiration à une-autre Perfone. —Qui donc cette bonne Créature, Madame, que je l'en-remercie? —Votre Femme; c'eft une digne Épouse! tenez, lisez cela vous-deux, pendant que je vais donner un coupd'œil au dîner, & faire un-peu la ménagère-. Ils ont lu fans-doute; & à mon retour, je les ai trouvés enlacés l'Un avec l'Autre, la larme à l'œil. —Voila comme j'aime à voir des Frères, leur ai-je dit, & je veux à mon tour faire un récit à Urfule,

en-lui annonçant mon arrivée ; j'y join-
drai cette Lettre ; car il faut que ma Tante
Canon la voye. Alons, bons Frères,
venez m'honorer à table de votre com-
pagnie-. Nous avons dîné affés-vîte,
enfuite les deux Frères fe font dit adieu :
mais le pauvre Pierre ne pouvait quitter
Edmond ; & il m'a dit à-deux-fois : —Oh!
Madame! il n'a que vous, pour foutien ;
car je ne compte plus fur Perfone : & vos
fi grandes bontés, il eft vrai, font audeffus
de tout ! mais f'il les oubliait (ça ne fe
peut pas), ou f'il en-mesusait, Dieu le
punirait, & mon Frère ferait perdu !....
Adieu, très-honorée Dame! adieu mon
Frère : car en-arrivant tard, je donne-
rais de l'inquiétude chés nous : je vous
quitte, & permettez que je le dise, Madame, avec une égale peine tous-deux ;
car je ne fais où vous prenez ce qui vous
fait tant aimer, mais ça eft en-vous,
& je le fens ; comment Edmond ne le
fentirait-il pas-! Il f'eft arraché des bras

de fon Frère, en-achevant ces mots, &
il a monté dans la voiture, que le Do-
meftiq tenait prête. Je te l'avoue, ma
chère Fille, je regardais f'éloigner un fi
digne Homme, avec autant d'intérêt que
f'il eût été mon Frère, & deux larmes
font venues fur mes paupières. Pour
Edmond, il le confidérait immobile, & il
n'eft revenu à lui-même, que lorfque la
voiture n'a plus été en-vue.

Nous avons enfuite caufé familière-
ment : Edmond m'a d'abord parlé de toi :
ça été fon premier mot ; il eft vrai qu'il
a joint le nom de ma Sœur au tien : mais
je ne te rendrai cette converfation que de
bouche. Adieu, chère Amie. Je voudrais bien être à Paris ! c'eft mon refuge.
Adieu.

Pour M.ᴸᴸᴱ *FANCHETTE.*
CHÈRE petite Amie. Je fuis fur-le-
point de partir ; pour me rejoindre à toi
& à ta bonne-amie Urfule ; & fur-tout
pour remercier ma chère Tante des foins
qu'elle

qu'elle vous donne à toutes-deux: con-
tente-la bien, afin qu'elle ne se repente
pas de sa complaisance pour nous.
Quant à moi, en-mon particulier, chère
Petite, je ne songe qu'à ton bonheur,
& j'espère que si Dieu me trouve digne
de le faire, je le ferai. Si tu savais,
chère petite Amie, combien je me trouve
heureuse de t'avoir! oui, ma chère Fille,
tu es une seconde moi-même, & la
moitié de ma vie; ton bonheur & le mien
ne font qu'un: mais je tâcherai toujours
que mon malheur, si j'en ai, n'ait rien de
commun avec toi. Que j'aurai de plaisir
à te caresser, quand nous serons ensemble!
à te dire, & à te prouver que je t'aime!
Non, tu n'en-as pas d'idée. Ce n'est
pas qu'avec cette tendresse, tu doives
compter que je te passe tes petits défauts,
qui, je crois, sont bien-loin à-présent;
mais je veux dire, s'ils se remontraient;
car je te desire presque - parfaite, & ce
que la Nature n'a pu faire en-moi, unie

Tome I, II Partie.   O

à la bonne éducation, tâcher de le faire en-toi.

J'ai vu notre bon Papa ces jours-ci, & je lui ai bien parlé de toi : Voici ses propres paroles : —Ma Fille, je m'en-rapporte tout-à-fait à vous pour votre Sœur, & sur-tout j'approuve fort le parti que vous avez pris de l'envoyer à Paris, sous la conduite de la respectable m.me Canon, que j'ai toujours honorée, quoique nous ayions eu ensemble quelque refroidissement autrefois : j'aime aussi que vous lui ayiez donnée pour compagne la jeune R**; c'est un Ange de douceur que cette Fille ; il n'y a qu'une voix en-sa faveur dans tout le pays, pour la prôner comme le plus-excellent Sujet de son sexe. C'est aussi mon sentiment ; car je l'ai vue plusieurs-fois à S** chés son Père, digne homme, & mon ami : ces Enfans-là ont reçu de bons principes, & Fanchette ne peut que profiter avec Une d'entr'eux. Quant à tout le reste, elle est jeune, & il y a apparence qu'elle n'aura que vous, quand il faudra l'établir: foyez donc fa Mère, plûs que fa Sœur; je vous en-donne l'autorité-. Je ne faurais te dire, chère Petite, combien ce difcours m'a fait de plaisir, & fur-tout de ce que Papa me laiffe maitreffe de ton établiffement, quand le temps en-fera venu. Je baise tes jolies joues de lis, & ta petite bouche de rose; mais comme je fuis encore ab-fente, j'en-charge Urfule.

Ta Bonne-amie Sœur.

O 2

X V.ᴹᴱ   Paris, 10 novembre.

G A U D É T,
à E D M O N D.

[Il lui écrit qu'il l'a secondé ; il lui annonce la
naiſſance de la petite Laure, & lui parle mon-
dainement d'Urſule.]

QUINZE joursdebouderie ; c'eſt tout
ce que je puis, mon Chèr ! encore y en-
a-t-il douze que je délibère, ſ'il eſt plus
avantageus que je te boude, que de te
marquer mon affection : ce dernier parti
l'emporte, Edmond, parce-que je ſuis
un véritable Ami. Auſſi ai-je resolu de
te mettre à ton aise : Aime-moi, haïs-
moi, je ne t'en-ferai pas moins attaché :
& pourvu que je te ſerve, qu'importe ?
T'aimé-je donc pour moi ? il n'y aurait pas
à gâgner, & la recette d'Épicure ne me
produirait que des chardons.... Encore
te demandé-je pardon de ce mot de reproche. En-dise ce pauvre *Helvétius*
ſous ce qu'il voudra, je brûlerai ſon Livre,

f'il me tombe entre les mains, pour cela
feul, qu'il ne croit pas à l'amitié desin-
téreffée : Que m'importe qu'il ait raison
pour tout le monde ? Il a tort pour moi ;
car je la fens au-fond de mon cœur. Me
dira-t-il qu'elle n'y eft pas ? Qu'il l'ose ;
je lui dirai, moi, Qu'il en-a menti......
Mais trève de préambule & de juftifica-
tion ; ce n'eft pas le but de ma Lettre,
& j'ai bien autre-chose à te dire.

Tu es père. Je te vois d'ici, car tu as
un excellent cœur ! tu baises ma Lettre,
& tu bénis Gaudét ; père d'une Fille
charmante, qui reffemblera un-peu à fa
Mère, un-peu à toi, un-peu à la gentille
Urfule, un-peu, je crois, à *Minerve
Parangon* ; c'eft dire, qu'elle aura tous
les charmes & toutes les grâces : en-effet,
jamais je n'en-vis tant à une petite Créature
à-peine ébaûchée. Laure fe porte bien ;
& fur-tout elle eft très-fatiffaite d'être
débarraffée d'un incommode fardeau. Je
l'ai un-peu formée ; elle fe propose de

O 3

jouir dans la Capitale de toute fa liberté :
mais j'aurai foin qu'elle n'en-abufe pas ;
& ce n'eft pas fon deffein. Quant à
l'Enfant, je refpecterai ta propriété, en-
me conformant à tes ordres, pour tout
ce qui la concerne ; mais fans te laiffer
auqu'un des foins, auqu'une des peines
qui font les dépendances de la paternité.

Je reviens à la Mère : Je n'ai jamais vu
de Fille fi aimable ; c'eft un bijou ; elle
va être plus-charmante que jamais, j'en-
fuis fûr. Quel eft le but de cet éloge ?
De t'y faire penfer ? Non, envérité !
Garde ta liberté, c'eft mon avis ; quant
à Laure, je m'en-charge : j'aurai un foin
égal de fes mœurs & de fon bonheur, &
f'il lui faut un-jour un Mari, je lui
en-trouverai un ; mais pas mon Ami.
De tous les Partis poffibles, Laure
ferait le pire pour toi, à - préfent.
Mais c'en-eft affés là-deffus. Je t'embraffe. Toujours ton Ami,

GAUDÉT.

A-propos, un petit alinéa d'Urſule.

Je l'ai vu, cette Fille charmante : ah !
mon Chèr, que je te félicite ! ſi cette
Fille-là était répandue dans un certain
monde, il y aurait pour faire ſa fortune
& la tienne ; honnêtement, car c'eſt ainſi
que je l'entens : elle eſt aſſés belle ou aſſés
jolie, je ne ſais lequel, pour faire une
paſſion ſérieuse, & tourner la tête d'un
Duc, tout-comme celle d'un Homme
du-commun. Il eſt ſingulier, comme
votre ſang eſt beau ! tout ce qui vous
touche paricipe d'un certain charme, dont
on ne peut ſe défendre : je t'avouerai que
toi-même tu m'avais ſéduit d'abord par ta
figure : *Formosum Paſtor Coridon
ardebat Alexin :* Je me dis quelquefois,
que Vénus était de vôtre Famille ; que
ſi nous vivions du temps de la guerre de
Troie, ou du bon aveugle *Homère*,
je tenterais de le prêcher, & que ce ſerait l'objet de mes miſſions. Cette Fille-
là ne doit jamais être la Femme d'un Hom-

me-du-commun, entens-tu, Edmond?
& s'il faut l'y servir, je l'y servirai : Je
connais de par le monde un certain Héritier
d'une grande Famille (1).... Mais il n'est
pas encore temps de m'ouvrir, même
avec toi.

Avec Ursule, j'ai vu la Sœur de la
déesse Parangon : Cela sera charmant ;
un-peu plûs colorié que sa Sœur, mais
moins-touchante, en-étant peut-être
plus-belle. C'est un joli Couple de
Grâces, que Fanchette & ta Sœur !
la belle Parangon viendra sans-doute faire
la troisième ; & il faut avouer que m.^me
Canon, qui couvera tout cela des ieux, ne
ressemblera pas mal au Dragon du jardin
des Hespérides : mais celui-là ne gardait
que des pommes-d'or, bien-audessous
de celles qui seront ici !

J'adresse cette Lettre chés m.^me Parangon, où je te crois à-présent. Ne me

---

(1) C'était le Marquis, qui va jouer un si
grand rôle.

fais pas de réponfe, & pour caufe.
Adieu, chèr Ami.

[Cette Lettre tomba entre les mains de m.ᵐᵉ
Parangon, qui l'ouvrit trompée par la forme de
l'adreffe : mais fes ieux f'étant portés fur l'article
du mariage propofé pour Urfule, elle le lut,
& tout en-reconnaiffant que la Lettre n'était
pas pour elle, elle fut charmée qu'Edmond ne
la vît pas en-entier : elle en-enleva les deux
dernières pages, qui netenaient pas au refte,
& il ne vit plus que ce qui regardait Laure ;
encore lorfqu'il l'eut parcourue, tâcha-t-elle de
f'en-emparer : c'eft ce que dit une Note à-demi-
effacée, que je trouve aubas, & lorfqu'elle fut
à Paris, elle la remit à m.ᵐᵉ Canon, qui nous
l'a confervée. On peut lire dans le PAYSAN,
LXIV.ᵐᵉ Lettre, *T. I*, *p.* 279, l'arrivée
de Gaudét à Au**, & fon entrevue avec
Edmond.]

XVI.ᵐᵉ

25 décembre.

EDMOND,
à ses PÈRE & MÈRE.

[Son cœur conserve encore les apparences de son innocence première.

Mon très-honoré Père, & ma très-chère Mère :

Agréez les vœux & les hommages d'un Fils respectueus, pour le commencement de la prochaine année. J'ai heureusement pour vous la souhaiter de bonnes nouvelles à vous apprendre de la très-chère Sœur Ursule, auprès de laquelle est actuellement ma Cousine, ou plutôt notre seconde Mère, à ma Sœur & à moi. J'étais trop-méchant sans-doute l'an-passé, pour mériter que le Ciel bénît mes prières pour vous : mais il m'a châtié dans sa justice, en-me punissant par où je vous avais desobéi. Puisse cette nouvelle année vous être plus-agréable! au-moins il n'y a plus rien de caché dans le

fond de mon cœur, fi ce n'eft un tréſor
inépuiſable de tendreſſe pour vous, mon
chèr Père & ma très-chère Mère.

Vous verrez par la copie de la Lettre
ci-incluſe, que m.me Parangon m'a fait
l'honneur de m'écrire (1), les bonnes-
nouvelles que j'ai reçues de Paris : Eſt-il
poſſible, chèr Père & chère Mère, que je
m'aquitte jamais de la reconnaiſſance que
je dois à cette Femme, digne d'un trône,
par ſon panchant à bien-faire, autant que
par ſa beauté ? Non, cela n'eſt pas poſſible, & tout ce que je pourrai, c'eſt de
mettre ſes bontés ſur la même ligne que
les vôtres : Car elle m'oblige d'autant-
plûs, que ce n'eſt pas tant dans ma Perſone, que dans celle d'Urſule, l'image
de ma bonne Mère ; ce qui me lie bien-
plûs que ſi tout ſe feſait pour moi. Cependant, combien ne fait-elle pas pour

(1) Cette copie était tronquée ; on la trouve
entière dans le PAYSAN, LXV.me Lettre.

moi-même?... Auſſi, loin de deſirer de m'aquitter, je veux aucontraire lui toujours devoir, afin que ma reconnaiſſance ſoit pour moi un plaiſir continuel, qui dure autant que ma vie: car il eſt des Perſones dont nous aimons à être les obligés, parce-que nous ſavons qu'elles ont trouvé tant de plaiſir à nous faire-du-bien, que nous leur en-ſommes plus-chèrs: Tels vous êtes, chèr Père & chère Mère, à-l'égard de vos Enfans, & telle eſt m.ᵐᵉ Parangon, pour ma Sœur & pour moi.

J'apprens que le chèr Frère-aîné va bientôt vous faire renaître dans la Poſté-rité du plus-vertueus de vos Enfans: Permettez que je vous félicite, & que je répande mon cœur devant vous, dans une circonſtance auſſi heureuse. Que vous aurez de plaiſir, & que je m'en-promets à voir votre ſatiſſaction! Voila le plus-beau bouquet dont vos Enfans puiſſent vous orner, & il était juſte que

ce fût de votre Aîné que vous le reçuf-
fiez ; puifqu'il a toutes vos vertus, &
que nous le regardons comme votre Lieutenant à notre égard. J'ose, dans cette
Lettre, qui vous eft adreffée, lui faire mes
félicitations, & je le prie d'être perfuadé
que ma joie ne cédera qu'à la fienne,
& à celle de la chère Sœur, fon Époufe.
C'eft elle qui fera contente dans quelques
jours! fenfible comme elle eft, chériffant
fon Mari, vous refpectant, comme elle
le fait, jamais on n'aura vu de Mère plus
tendre, pas même la mienne, qui l'eft infiniment. En-attendant le bonheur de
vous voir, chèr Père & chère Mère, ainfi
que mes Frères & Sœurs, je les embraffe
tous, & je fais mille fouhaits pour leur
bonheur.

Je fuis & ferai toute ma vie, avec le
plus profond refpect, & la plus vive
tendreffe, &c.ª

XVII.ᴹᴱ 26 décembre,

URSULE,
à FANCHON.

[Ma Sœur copie un papier secret de m.ᵐᵉ Parangon, & montre qu'elle commence à n'être pas auſſi bonne & naïve qu'on la croyait: ce qu'on voit par les confidences qu'elle fait à ma Femme.]

ELLE eſt ici, chère Sœur : je la vois, mais elle ne me voit pas ; car je t'écris en-cachette d'elle, & de tout le monde : j'ai fait enforte d'occuper Fanchette, & je ſuis ſeule. Cette Lettre-ci eſt bien-importante, & pour Edmond & pour moi! Je commence par lui. Il eſt trop heureuſ ; car je ſais qu'il aime bien m.ᵐᵉ Parangon : or il en-eſt aimé pour le moins autant, & c'eſt parce-qu'elle l'aime trop, qu'elle l'a *fui*; c'eſt ſon expreſſion. Mais elle ne me l'a pas dit : Je l'ai vu par un brouillon de Lettre qu'elle a déchiré & jeté dans la cheminée. Pour toute autre-chose, je n'aurais pas été curieuse: mais un morceau ou j'ai vu le nom d'Edmond & le mien m'a donné de la curiosité; j'ai ramaſſé le papier, je l'ai lu & je l'ai copié, très-heureuſement! car un inſtant après, elle eſt venue elle-même le brûler : Voici ce que c'eſt :

» INFORTUNÉE ! je cherche par-tout,
» non le bonheur, mais le repos; & le
» repos me fuit ! A Au**, je diſais, Le
» repos m'attend à Paris, dans les bras
». de ma chère Urſule : à Paris, je re-
» grette le temps où je voyais Edmond
» tous les jours, à toutes les heures !
» Qui me rendra l'innocence ? Tout ce
» qui m'environne a le cœur pur : moi,
» moi-ſeule, je nourris un feu coupable,
» qui me conſume, qui me dévore......
» Pardon, ma chère Urſule! je ne ſuis
» pas une Safo..., ou ſi je la ſuis, c'eſt
» Faon, & non Leſbie qui cauſe mes
» ſoupirs... Où m'égaré-je quelquefois ?

» Infortunée où m'égaré-je ?.... Hélas!
» je veux tromper la nature & l'amour;
» je veux que dumoins mon corps foit
» chafte, puifque mon cœur ne l'eft
» plus.... Je l'ai fui; j'ai fui le chèr
» Ennemi de mon repos, de mon inno-
» cence; lui-feul m'à fait-fuir; & je le
» porte dans mon cœur, cet Ennemi que
» je fuis! Pourquoi le fuir!.... Pour-
» quoi, Infortunée! pour que tu fois la
» feule coupable, & qu'il ne devienne
» pas ton complice.... Quelquefois, je
» me furprens à être jaloufe de ma Sœur:
» je m'efforce à le deftiner pour elle: &
» peut-être ferais-je aujourd'hui au-des-
» efpoir qu'il fût fon Mari! Que n'ai-je
» pas fouffert, quand arriva l'avanture
» deLaure!.... Mais elle était fans intérêt
» pour moi, quand elle éclata; il était le
» Mari d'Une-autre; que m'importait fa
» conftance pour elle?... oui, j'ai fenti
» une forte de joie coupable.... Mais,
» grand Dieu que n'avais-je pas fouffert,
      » quand

» quand j'avais appris son mariage avec
» Manon! & si je n'eusse pas vu, qu'au-
» fond, c'était encore moi qui étais la sou-
» veraine de ses pensées, aurais-je pu y
» survivre?.... Je me suis vaincue; j'ai
» feint d'aimer Manon.... Que dis-je?
» ne l'ai-je donc pas aimée?... Non,
» non, je ne l'ai pas aimée, non! je le
» sens, à ce que me fait éprouver Fan-
» chette: mon cœur l'a repoussée; quand,
» à mes pressantes sollicitations, elle m'a
» dit, qu'elle aimerait bien son petit Mari.
» Eh! pourquoi lui en-parler? Pour-
» quoi mettre sitôt dans son cœur des
» idées.... Je me la sacrifie!... Non,
» non, je surmonterai ma faiblesse; elle
» aura Edmond; elle l'aura: je ne veux
» plus le voir; je me le promets, mon
» Dieu, devant vous: punissez-moi, si
» je lui parle, si je lui écris: je tâcherai
» de le bannir de ma pensée.... Il est
» des rencontres fatales!... Il vient chés
» mon Père, jeune encore: hélas j'avais

Tome I, II Partie.   P

„ son âge ! il apportait une Lettre : sa naï-
„ veté, son innocence, m'intéressèrent :
„ dès ce moment, je sentis qu'il était
„ aimable ; ma pensée s'occupa de lui ; je
„ ne séparai pas, devenue plus-grande,
„ l'idée de l'amour de celle d'Edmond....
„ On me maria : je crus que ce devait
„ être un Edmond pour moi, qu'un
„ Mari ; je me livrai tête-baissée, comme
„ la Victime conduite à l'autel.... Ah !
„ quelle différence !... Pour mon mal-
„ heur, je passais un-jour sur un grand-
„ chemin ; je le revois conduisant au
„ lavoir les Brebis de son Père : comme
„ mon cœur fut touché de ses grâces
„ naïves en-me saluant ; de son empres-
„ sement à raccommoder la sangle de mon
„ Cheval !... (Mais j'étais mariée alors !)
„ mon cœur fut touché d'une sorte de
„ compassion : Tant de charmes & de
„ grâces seront-ils perdus ? c'est le
„ Fils de l'Ami de mon Père ; il faut le
„ prendre chés nous ; il faut lui donner

» un état plus doux.... Je fis-parler à ses
» Parens; je l'obtins pour le temps où fi-
» nissent les travaux de la campagne....
» Dieu me punit dès le premier pas:
» J'étais absente quand on me l'envoya;
» sa beauté, son innocence, sa noble
» sécurité, tentèrent des Ames vicieuses,
» & on voulut le tromper! on s'était
» hâté de le faire venir, pour le trom-
» per!.... Moi, qui espérais le rece-
» voir, lui adoucir les commencemens
» d'un séjour étranger; l'instruire, le
» former, m'en-faire aimer comme bien-
» faitrice, je l'exposai, à tout ce
» qu'ont de dur & d'amèr les façons des
» Gens-des-Villes, à-l'égard d'un jeune
» Campagnard qui vaut mieux qu'eux!...
» Que n'a-t-il pas souffert!..... Chèr
» Edmond!... va, je t'en-dédommagerai:
» ma Sœur sera ton Épouse; la tienne
» sera ma compagne, mon amie-à-jamais;
» je ferai tout pour elle; & sur-tout elle
» aura un Mari qu'elle aimera.... Cette

» chère Urfule !... elle eft aimée déja,
» elle eft adorée; les Vicieus la desirent;
» les Vertueus l'adorent! mais elle les
» ignore tous! Le Frère & la Sœur font
» également aimables.... Au-fond, mes
» fentimens pour Edmond, font peut-être
» un bonheur : que d'hommages intéreffés
» ne m'offre-t-on pas! que d'Hommes
» adroits m'euffent peut-être entraînée
» dans des chutes honteuses! Edmond
» m'a foutenue; il m'a fait dédaigner
» tous les Hommes; ils ne font que des
» monftres, comparés à lui, & je fuis
» fans mérite dans ma vertu à leur égard;
» je la lui dois. *Ch—rd—n* ne l'a-t-il
» pas inutilement attaquée? *C—ll—t*,
» plus-poli, plus-aimable, ayant toutes
» les grâces qu'on acquiert à la Capitale,
» a-t-il pu vaincre mon indifférence?
» que d'amour, cependant? Mais Ed-
» mond était au-fond de mon cœur, le
» gardien de ma vertu. Ouï, je lui
» dois de la reconnaiffance. Ah! que

» j'aurais de plaisir à lui montrer toute
» celle qu'il m'infpire, fi.... O Mal-
» heureuse! quel fouhait alais-tu former!
» Edmond n'en-eft pas le complice; non
» jamais fon cœur ne fut fouillé par
» ce vœu coupable!..... Mais Gaudét
» ne peut-il pas le corrompre?. Je l'ai
» craint; d'où-vient eft-ce que je ne le
» crains plus? D'où-vient ne fuis-je pas
» fâchée qu'il voye cet Homme dange-
» reus! Sondons mon cœur..... Bon-
» dieu! fi c'était, parce-que je voudrais
» qu'Edmond fût moins-vertueus, moins-
» timide!... Je ne fais ce que j'entrevois
» au-fond de mon âme; mais fi c'était-là
» mes vrais fentimens, je m'abhorrais
» moi-même! Non, non, ce ne faurait
» être-là mon fecret defir : aucontraire,
» je fuis raffurée par les principes d'Ed-
» mond; un Jeune-homme élevé par des
» Parens comme les fiens, imbu de leurs
» maximes, ne peut f'oublier.... Eh !
» pourtant il f'oublia , quand Laure....

„ Ah ! la cruelle idée ! & la cruelle anxiété,
„ que celle où je me trouve ! Mais qu'im-
„ porte le paſſé ! Tâchons qu'il nous
„ reſte ; qu'il ſoit à nous, à ma Sœur &
„ à moi... Mais, auqu'un Objet ne fera-
„ t-il d'impreſſion ſur ſon cœur, en mon
„ abſence ? Il eſt ſeul, à-préſent ; il eſt
„ jeune, aimable, il a les paſſions vives,
„ je m'en-ſuis aperçue plus d'une-fois !...
„ Je dois me raſſurer : il n'a pas recher-
„ ché cette petite Edmée ; il l'eût trou-
„ vée, ſ'il l'avait bien voulu : les Co-
„ quettes ne ſont pas dangereuses pour
„ lui ... tout doit me raſſurer. Cepen-
„ dant, il ne faut pas que mon ſéjour
„ ici ſoit trop-long : que fais-je ?....
„ Hélas ! je n'ai pas de Confidente ; je
„ je n'en-ſaurais avoir pour mes ſenti-
„ mens ; je les cache à tout l'Univers,
„ & je voudrais me les cacher à moi-
„ mème.... Cruelle ſituation, qui fait
„ trouver du plaiſir à écrire, lors même
„ qu'on ſait, que c'eſt envain ! . . . . . ”.

Voila bien ſes vrais ſentimens ; & j'en-
ſuis très-aiſe ; car j'aime mieux devoir ſon
amitié à Edmond, qu'à toute autre cauſe :
je ſerais d'ailleurs charmée que m.^{lle}
Fanchette fût un-jour notre Sœur ; je
t'avouerai que je l'aimerais mieux que la
Défunte, & parce-que c'eſt la Sœur de
m.^{me} Parangon, & parce-qu'il y avait
dans l'Autre quelque-choſe qui répugnait
à la délicateſſe : Ici aucontraire, c'eſt
tout honneur & profit ; car Fanchette
ſera riche : Enfin, puiſqu'Edmond ne
peut pas être le mari de la chère m.^{me} Parangon, il faut qu'il ſoit ſon frère. En
mon particulier, je ne l'oublie pas auprès
de la petite Fanchette ; je lui peins tout
le monde en-laid hors Edmond ; & comme
ſa Sœur me ſeconde, elle me croit autant
que je puis deſirer d'être crue. Ainſi,
ma chère Sœur, tu vois que cet attachement pour notre chère Frère, dans
une Femme auſſi vertueuſe que m.^{me} Parangon, n'aura auqu'une mauvaiſe-ſuite,

& qu'aucontraire, il en-aura de très-bonnes pour lui & pour moi; ce qui, vu le bien que vous nous voulez tous, doit vous faire le plus grand plaisir; & ce n'eſt qu'à cette intention que je te le marque. L'écrit copié n'eſt auſſi que pour te donner de bonnes preuves de ce que je dis, & te montrer l'extrême confiance que j'ai en-ta diſcrétion; te priant, après l'avoir lu, de me le renvoyer, pour que je le garde précieuſement.

A-préſent, il faut parler de moi. Je t'avouerai que je ſuis un-peu curieuſe; c'eſt ce qui fait que je ſais bien des petites choses qu'on ne ſe doute pas que je ſache(1). Telle eſt par-exemple la recherche de m.[r] *H—ſſ—t*, le conſeiller: J'entendais hier m.[me] Parangon qui parlait de lui à ſa Tante, & qui lui diſait, qu'elle avait refuſé un très-joli préſent,

---

(1) Et c'eſt la curioſité qui fit-pécher la première Femme, notre bonne mère Ève!

qu'il

qu'il voulait m'envoyer ; & qu'il m'avait
écrit une Lettre, qu'elle avait d'abord
acceptée, mais que tout confidéré, il ne
falait pas que je vîffe ; parce-qu'on ne
favait pas ce qui pouvait arriver ; qu'un
Homme de cette condition-là, pouvait
fe retirer, ce qui donnait toujours des
chagrins à une Fille, & qu'elle voudrait
pouvoir me les éviter tous. Mme
Canon l'a bien-louée de fa prudence ! &
moi, tout-bas, je l'ai remerciée de fes
excellens fentimens à mon égard ; ils mar-
quent tant d'amitié, que j'en-étais attendrie. Mme Canon a demandé à voir la
Lettre, & elle a cherché fes lunettes pour
la lire : mais ne les trouvant pas affés vîte,
elle a prié fa Nièce de la lire elle-même :
Et voici ce que j'en-ai retenu.

LETTRE du CONSEILLER, à URSULE.

Mademoiselle :

*Quoique je fois un Inconnu pour vous,
je viens d'obtenir de m.^{me} Parangon la*

permiſſion de vous écrire deux mots : cette reſpectable Dame, à qui vous êtes ſi chère, connaît mes ſentimens, & elle ſ'eſt chargée d'être mon interprète auprès de vous : ſi donc j'écris, c'eſt pour vous rendre mon hommage en-perſone, & vous exprimer d'une manière exempte de tout ſoupçon d'adulation, l'eſtime & le reſpect que vous m'avez inſpirés. L'une & l'autre ſont l'effet d'une impreſſion durable, & telle que vous devez la faire ſur tous Ceux qui ont le bonheur de vous approcher, puiſque l'abſence n'a contribué qu'à la creuſer davantage. C'eſt à l'honneur de vous obtenir pour compagne de mon ſort que j'aſpire.

Je vous avouerai, Mademoiselle, qu'avant de m'abandonner ſans reſerve à mes ſentimens, je me ſuis informé de votre Famille, & que je n'y ai trouvé que des choses honorables, ſous tous les points-de-vue poſſibles, ſoit par les Ancêtres, ſoit par les mœurs & la bonté de vos Auteurs les plus-proches, comme m.ʳ votre Père & m.ᵐᵉ votre Mère: C'est d'après ces informations, que j'ai suivi, avec un plaisir audeſſus des termes que je pourrais employer, le panchant que vous m'inſpiriez, & que je me propose de m'honorer de votre parenté, aumoins autant que de la mienne. Voila, je crois, Mademoiselle, ce qu'un Honnête-homme, tel que je fais profeſſion de l'étre, doit écrire à une Jeune-perſone qu'il recherche. Auſſi ne m'en permettrai-je pas davantage; me contentant d'ajouter, que je ſuis & ſerai toute ma vie, avec un dévoûment parfait, Mademoiselle,

Votre très-humble, très-obéiſſant ſerviteur, & tendre Adorateur, H**, conſeiller.

Il me ſemble, ma chère Sœur, que cette Lettre eſt très-bien, & qu'on ne peut écrire plus honnêtement: je l'en-

Q 2

estime fort , & si mon bonheur veut que
j'aye un aussi honnête Mari , ma joie la plus-
vive viendra de celle qu'en-ressentiront nos
chèrs Père & Mère , de celle que vous en-
aurez tous , ma Chère , sur-tout toi , avec
qui mon inclination m'a toujours unie.
Il me semble que notre digne Père serait
bien-content , lorsqu'il nous verrait à
S** , honorés par tous ces Gens-de-
justice de V*** & des environs , qui nous
regardent du haut de leur grandeur , &
qui se trouveraient alors bien-audessous
de nous ! Je t'avoûrai , ma Bonne-amie ,
que cela me tente plûs que le mariage ,
quoique le Conseiller soit bel-homme à
mes yeux , & je crois aux yeux de tous
Ceux qui le voient. A-présent que je
t'ai dit tous mes petits secrets les plus
importans , je puis bien t'en-dire d'autres ,
qui ne m'intéressent pas autant , à-beau-
coup-près.

Toutes les fois que je sors , pour peu
que je reste en-arrière , on me glisse des

Billets, fur-tout de la part d'un certain
Marquis, ou fe difant tel, qui m'a déja parlé.
Je m'embarraffe affés peu de pareils mef-
fages ; & cependant j'en-fuis flatée, parce-que cela me raffure au-fujet de m.^r
le Confeiller; je me dis, que n'étant
pas le feul, il faut qu'il y ait quelque
raifon pour qu'on me trouve aimable.
Sans prendre de vanité, ce qui ferait bien-
fot à moi! je trouve du plaifir à tous les
complimens que je reçois, de bouche,
ou par écrit. Je fens pourtant qu'il ne
faut pas avoir l'air de lire les Billets ; &
voici comme je m'y fuis prife. J'ai gardé
le premier qu'on m'a gliffé, comme fi je
ne m'en-étais pas aperçue, & j'ai eu bien
foin de le mettre dans ma poche. Une
autre-fois quand nous fommes forties, j'ai
été attentive fi on m'en-donnerait un
nouveau : ça n'a pas manqué ; & moi je
vous ai tiré le premier Billet, que je tenais exprès entre mes doigts, & je vous
l'ai déchiré en-mille pièces : par ce moyen,

je fatiffais ma curiosité, en-lisant toutes les fornettes qu'on m'écrit, fans porter aucune atteinte à ma réputation. Je vais te copier quelques-uns de ces Poulets, chère petite Sœur, pour te donner une idée de ce qui fe paffe ici, & de la manière dont on y déclare fes fentimens aux Filles fans les connaître : fi j'ofais m'informer, je ferais plus-inftruite : mais il me femble qu'on en-agit avec toutes les Filles comme avec moi. Le Premier qui m'ait écrit, eft Celui qui m'a parlé : c'eft Quelqu'un d'importance, & fon air-de-diftinction me le fefait refpecter, mais je ris à-préfent de mon refpect : voici de fon ftyle :

I.er BILLET - DOUX.

Je ne fais, ma belle Demoiselle, avec qui vous étes ; fi c'eft votre Mère, votre Tante, votre Gouvernante, &c.ª ; mais elle eft inabordable : Ou vous étes à Quelqu'un de puiffant, comme un Miniftre, qui vous entretient en-fe-

cret, ou à Quelqu'un de riche, qui
ne laiſſe rien à deſirer à votre Maman :
dans ce dernier cas ; je l'emporterai à
coup-ſûr : je ſuis diſtingué autant
qu'un Particulier peut l'être : honorez-
moi d'une Réponſe, que vous laiſſerez
tomber, lorſque je vous ferai remettre
un ſecond Billet : je ſerai exact à me
conformer à vos intentions, quelque-
hautes qu'elles ſoient. Si pourtant
vous étiez encore neuve, j'avoûrai que
vous êtes un tréſor, que toute la fortune de votre Serviteur, ne pourrait
payer.   Le M. de-***.

P.-ſ. Mon nom ſera ſigné, dès que je
      connaîtrai vos intentions.

Tu vois que c'eſt un riche Parti! mais
je préférerais le Conſeiller, à-cauſe du
plaiſir que cela ferait chés nous. Mme
Canon eſt en-effet rebutante, & je crois
qu'un Miniſtre-d'État viendrait pour nous
entretenir un-moment, qu'elle ne le per-
mettrait pas. Il croit que nous apparte-

nons à Quelqu'un de riche : effectivement, nous fommes très-bien-mises,
fur-tout depuis que m.^me Parangon eft ici.

II.^d BILLET-DOUX.

*On m'a fait-entendre que vous ne rece-
viez que des Gens-d'église, & que l'on
voit fouvent un Moine aux environs de
votre demeure, quelquefois en-habit de
fon Ordre, & quelquefois mis en-Ca-
valier : à-moins que l'habit de Moine
ne foit un déguisement ? J'efpère que
votre Réponfe à mon premier Billet me
donnera quelques lumières : mais fi je
ne pouvais avoir cet avantage, répon-
dez dumoins à celui-ci : les diamans,
les bijous, un ameublement fuperbe,
un carroffe du dernier goût, tout-cela
eft prêt : un mot, & une bourfe de
mille-louis va précéder.*

Pour-le-coup, je commence à douter que cela foit fincère ! car, envérité,
il faudrait y regarder à-deux-fois ! Mais
on ne jète pas ainfi l'argent par les fené-

tres !… En-tout-cas, je voudrais avoir ici
Christine : elle est charmante ; elle aurait
quelqu'un des Partis dont il n'est pas possible que je m'accommode :   Celui-ci est un
Jeune-seigneur, assés agréable, quoiqu'un-
peu voûté.   Un pareil mariage donnerait
du relief à notre Famille, qui fut autrefois
plus-relevée qu'elle n'est.   Mais voici le

IIIme B I L L E T - D O U X.

Quoi ! vous avez déchiré ma Lettre !
sans la lire ! ma-foi, c'est m'ôter tout
espoir, puisque c'est me fermer la
bouche, & me condamner sans m'en-
tendre : si celui-ci a le même sort, j'au-
rai recours à d'autres moyens, que je
ne vous explique pas, & qui peut-être
seront plus-efficaces.   Je n'en-suis pas
avec un attachement moins-sincère,
Votre tout-dévoué, &c.^a

J'ai encore déchiré le second, en-recevant ce troisième Billet, & ayant jeté
un coup d'œil dans un beau carrosse, qui

nous barrait le paffage, j'y ai vu le Jeune-feigneur voûté, qui fe mordait les doigts. Je favais que c'était lui: je me fuis approchée fans affectation, & je l'ai entendu me dire: —Vous mettez-au-desefpoir l'Amant le plus-tendre! Ne pourrai-je vous intéreffer? Ah! daignez me lire-! Je l'ai regardé avec le plûs de colère que j'ai pu: mais envérité, j'étais prefqu'attendrie: car un fi beau Parti causerait bien de la joie à nos chèrs Père & Mère! En ce moment, m.me Canon, m'ayant jointe, il n'a plus rien dit, & nous avons paffé. Je fuis dans l'attente de ces *moyens* aufquels il *aura recours:* nous verrons. En-voici-à-préfent d'Un-autre:

I.er BILLET-DOUX du fecond AMANT.

Je fuis jeune, Mademoiselle, mais d'une Famille relevée, & je puis faire mon chemin: mais je fens qu'il me faudrait tout le feu de vos beaux ieux pour m'animer: votre vue, & le peu

d'efpoir que j'ai de réüffir auprès de
vous, me plongent dans une langueur
qui m'ôte tout le courage : vous pouvez
être ma créatrice, & mettre dans mon
cœur toute l'énergie que j'y ai quelquefois fentie. Je brûlais de l'amour de
la gloire ; je ne brûle plus que pour
vous ! Quels charmes touchans ! Ah !
fi j'étais affés fortuné pour que vous
me donnaffiez un-moment d'audience ,
je crois que vous feriez contente des
chofes que je vous dirais ! Je fuis encore
page, mais j'ai les plus brillantes efpé-
rances. Je vous en-prie, voyez-moi :
fi vous avez un vieux Mari, je vous
confolerai : fi c'eft un vieil Amant, je
le tromperai : fi vous n'avez Perfone ,
je fuis bien-fûr de vous faire un-jour
Comteffe. Le malheur, c'eft que je n'ai
que feize ans ! mais je fuis orfelin, &
les droits des Tuteurs ceffent plutôt que
ceux de Pères. Je crains de vous en-
nuyer : je finis, en-jurant de vous

adorer jufqu'au tombeau, & fi vous êtes cruelle, d'aler me faire tuer pour vous, à la première campagne que je ferai.

Le Comte de-*******.

J'ai lu ce Billet avec plaisir, & je t'avouerai, que le lendemain le Jeune-homme m'en-ayant remis un-autre, rue *des-Prouvaires,* j'ai déchiré un papier que j'avais pris à cet effet, au lieu de celui de cet aimable Page: car il eft charmant: mais comme dit la chanfon, *C'eft un Enfant, c'eft un Enfant!*

II.ᵈ BILLET du JEUNE PAGE.

Je meurs d'inquiétude fur le fort de ma Lettre: L'avez-vous lue? Hélas! peut-être que non! qui croirait que je fuis tendre fous cet habit! Vous aurez penfé que c'était quelque poliçonerie, & vous l'aurez déchirée fans la lire!.... Mon dieu que je voudrais être homme, & tout-aumoins Capitaine ou Colonel! je parlerais un-autre langaje que celui

de promesses en-l'air, qui, je le sens
trop, ne peuvent faire auqu'une impression sur vous, dans tous les cas; si
vous êtes raisonnable (ce que je crois),
vous alez mépriser & mon cœur & mes
offres; si vous êtes intéressée (ce que je
ne crois pas), elles vous feront pitié:
Il faudrait que vous fussiez simple &
naïve comme moi, pour que vous y
fissiez attention: mais les Femmes le
font-elles à Paris !..... Daignez me
faire un mot de réponse, dût-ce être
un-coup-de-foudre: je veux bien mourir; mais je ne veux pas languir:
c'est votre intérêt, & quand on saura
dans le monde que vous avez fait mourir
un Page d'amour, cela est capable de
mettre à vos piéds & la Ville & la
Cour. Ce sera ma consolation, même
en-perdant la vie par vos rigueurs:
car je vous aime plûs que ma vie, & si
c'était à vous-même que je la donnasse,
je ne la regretterais pas.

Ce pauvre Enfant ! il me fait pitié : mais qu'y faire ! .. J'ai encore gardé ce Billet, & déchiré un-autre chiffon de papier.

III.ᵐᵉ BILLET-DOUX du PAGE.

Je devais m'y attendre, Mademoiselle: un Jeune-homme tel que je suis, n'est pas fait pour être écouté dans ce siècle où tout est vénal, & le riche Financier, qui vous a glissé un Billet hièr, est sûrement mieux-reçu que moi.... Ah-Dieu, aimer si tendrement, & ne pouvoir espérer!... Mais hélas! que fais-je? les expressions de ma douleur ne seront sues que de moi! Je m'arrête; je n'ai plus qu'à mourir.

Il m'a pourtant écrit encore, parceque je n'ai rien déchiré en-prenant ce troisième Billet, & que je lui ai jeté un coup-d'œil, qui ne marquait pas de colère. J'ai envérité eu-peur qu'un si aimable Jeune-homme ne se fît du mal par desespoir. Il m'en-remercie dans son quatrième Billet, que je garde aussi.

Un-autre Adorateur de mes *charmes appétiſſans* (c'eſt le terme qu'il emploie), eſt le parfait opposé de Celui-ci : j'avoûrai que ſi ſon mérite était uni à celui du Page, je ferais toute-déterminée. Figure-toi un gros Homme rond, tout-d'or des piéds-à-la-tête ; ayant une figure rouge & fraîche, malgré qu'elle date de cinquante ans, & un ventre comme une demi-tonne de bourgogne. Il m'a auſſi envoyé de ſon ſtyle : je ne ſais comme les Femmes de ce pays-ci le trouvent ; mais pour moi, ſans m'y connaître beaucoup, je préſume qu'il doit leur paraître très-perſuaſif.

Ier BILLET du FINANCIER.

Vous êtes adorable, Mademoiselle ; & quoique je le ſache très-bien, j'imagine que vous le ſavez encore mieux. Cependant, je le ſais, pour ma partie, auſſi-bien qu'il eſt poſſible ; & la preuve, c'eſt la manière dont je vais vous apprécier : Je vous ferai douze mille-livres de rentes, assurées pour toujours, & je vous en-donnerai quarante par an, tant que vous voudrez vivre avec moi. Je ne sais qui vous êtes; mais votre mine est diablement éveillée! Cependant, je ne crois pas que vous ayiez encore eu plus d'un Amant ou deux; je vois cela au peu d'assurance de vos regards. Vous êtes ce qu'il me faut: je n'aime pas à briser la glace, pas plus qu'à avoir une Femme si courue, qu'on ne puisse être sûr de la garder huit jours: Je veux être constant; c'est ma manie à moi. Vous êtes charmante! & je ne doute pas que vous ne fassiez de brillantes Conquétes: c'est ce qui me fait me dépécher de vous prendre: la Foule pourrait y venir, si vous étiez plus connue. Au premier signe de bienveuillance de votre part, je suis a vos ordres. On ne doit rien ménager pour la Beauté, dût-on, pour l'enrichir & satisfaire ses caprices, piller & voler tout le monde.

Envérité

Envérité Celui-ci me tente encore ! Ce ferait un mariage bien-avantageus, que celui qui me donnerait quarantemille-livres de rentes, & qui m'en-laifferait douze, fi je venais à perdre mon Mari ! Cependant j'ai fuivi à fon égard, la même conduite qu'avec les Autres, afin d'avoir un fecond Billet, qui n'a pas manqué :

II.ᵈ BILLET du FINANCIER.

Je crains, Mademoiselle, que mon Billet d'avanhièr ne foit pas tombé entre vos mains : c'eft ce qui fait que je vous en-fais remettre un fecond, où je vais vous renouveler les propositions que renferme le premier. (Elles étaient les mêmes). Mais comme je me fuis informé de vous, & que je n'en-ai reçu que de bons-témoignages, j'ajouterai quelque-chose à ce que je viens de vous marquer : On m'a dit que vous n'aviez encore eu Perfone : cela mérite quelque confidération ; car je vous préfère ainfi,

Tome I, II Partie.　　R

quoique j'aie dit au contraire dans ma première (supposé que vous l'ayiez reçue); les Hommes s'expriment toujours de cette manière, quand ils croient avoir affaire à une Femme usagée, afin de ne paraître pas trop exiger; mais au fond, ils sont charmés de n'être pas pris au mot, & d'avoir l'étrenne d'un Jeune cœur. Je vous ferai cinquante-mille-livres par an, & quinze perpétuelles. Je suis un galant-homme, qui n'aurai que les procédés les plus-honnêtes, & qui ne serai jamais votre tyran, mais

Votre Ami.

En-recevant ce Billet, je déchirai le premier, suivant ma petite politique. Dès le lendemain, j'en-reçus un troisième : mais il était écrit d'une manière différente des deux autres :

III.ᵐᵉ BILLET du FINANCIER.

Mademoiselle :

De meilleures informations, depuis que vous avez déchiré ma Lettre, m'ont

appris au-juste ce que vous étiez : je
vous demande pardon de mes propositions, dans le cas où vous auriez lu ma
première & ma seconde Lettre : je ferai
ensorte que vous lisiez celle-ci. Je sais
que vous êtes une Jeune-persone honnête,
qui êtes à Paris avec m.ᵐᵉ votre Tante
& m.ˡˡᵉ votre Sœur, ou votre Cousine.
Je ne voudrais pas qu'on pût me reprocher d'avoir cherché à séduire une Fille
honnête ; je me retire ; vous priant,
au-cas où il se présenterait un Parti
sortable pour vous épouser, de songer
qu'il y a d'excellens emplois à la dis-
position de

    Votre serviteur, ** , *rue* **** ,
    hôtel de ***.

J'ai lu cette Lettre en-présence de la Dame qui me l'a remise, parce-qu'elle m'en-a
priée : Je n'y conçois pas grand'chose ;
si ce n'est qu'apparemment les Financiers
n'épousent que les Filles qu'ils n'estiment
pas. Cela n'est guère flateur !

             R 2

Mais ce qu'il y a de risible, c'eſt un vieux, vieux Seigneur, car il eſt décoré, qui m'a parlé à l'égliſe, le jour que j'y ai vu le Financier & mon Page : (le Marquis n'eſt pas dévot apparemment ; il n'y vient jamais !) Je me ſuis un-peu prêtée, en-paraiſſant vouloir éviter mon Page & mon Financier, qui cherchaient à me gliſſer une Lettre. J'ai favoriſé le Nouveau-venu, parce-que m'apercevant-bien qu'il avait envie de me parler ; j'ai été curieuſe de ſavoir ce qu'un Homme de cet âge pouvait avoir à dire à une Fille du mien : Je me ſuis miſe un-peu en-arrière de m.^{me} Canon & de m.^{me} Parangon, afin de n'être pas vue *. Il ſ'eſt approché de mon oreille, & m'a parlé un langaje comme celui des Opérateurs des places publiques ; & ce qui m'a ſurpriſe, c'eſt que c'était de l'amour : —*Voi ſiete bella come oun Ange*- : j'ai manqué deux-fois de lui rire au néz : mais le reſpeĉt pour le lieu où j'étais m'en-a em-

* Sujet de la IXme Eſtampe.

pêchée. J'ai même changé de place, &
j'ai été me mettre entre Fanchette, & sa
Sœur ; ce qui a fait plaisir à mon Page.
En-sortant, le Vieillard m'a glissé un
Billet, que je n'ai pas fait-semblant de
sentir :

BILLET - DOUX
d'un SEIGNEUR Italien.

*Ma belle Mignone : Voila douæ
semaines que je vous souis par-tout,
sans pouvoir vous faire counaître mes
sentimens, & la boune-voulonté que je
me sens pour vous : car je desire de faire
vostre fortoune, sans qu'il vous en-
coûte rien dou vostre, que quelques bontés pour moi. Si je savais come vous
étes, si c'est vostre Mère ou vostre Tante
qui vous condouit par-tout avec elle, &
qu'elle espèce de Femme qu'elle est, je me
serais adressé à elle come il convient,
c'est-à-dire la bourse d'oune main, &
oun contrat de l'altre, pour loui assourer
ploûs encore : mais cette Femme ne veut*

rien entendre. Dans le cas où vous auriez Quelqu'oun, engajez-la, je vous prie, à me le faire savoir, ou écrivez-le moi vous-même; on pourrait s'arranger: car vous valez voſtre pesant d'or, Mignone, & il n'eſt pas oune chose que vous n'ouſſiez de moi: Je ſouis en-attendant voſtre Réponſe,

 Tout à vous, le S*** D.-S.—i.

Celui-là ne m'a pas tentée, & un pareil Mari, fût-il prince, me paraîtrait plutôt un malheur qu'un avantage: mais comme tout le monde n'a pas mon goût, & que le bien vaut toujours ſon prix, je voudrais avoir ici une ou deux de mes Sœurs, les plus-jolies, perſuadée qu'elles feraient bientôt un bon mariage. Parle-s-en chés nous, ma chère Sœur: de mon côté, je ſouderai m.^me Parangon, & je t'écrirai ce qui ſera décidé.

Tu dois avancer, chère Amie: j'ai, à ton ſujet, les meilleures eſpérances; grande &. bien-faite comme tu l'es, ce

ne fera qu'un jeu ; car les grandes Femmes
ont bien-moins de peine , dit-on , & de
rifques à courir que les Petites. Je te
fouhaite un Fils : mais fi c'eft une
Fille , ton Mari n'aura pas à fe plaindre ;
car il aura le double d'une excellente
Femme.

Je joins à cette Lettre les fouhaits de
la nouvelle année, pour nos chèrs Parens
& pour toi : préfente leurs mes vœux
avec mes refpects, & mes tendreffes à
nos Frères & Sœurs.

J'apprens que m.^r le Confeiller eft ici.

XVIII.ᴹᴱ
Réponse.

10 février.

[Fanchon lui donne de bons avis : Naiſſance de mon Fils, & ce qui ſ'eſt-paſſé de la part de mon reſpectable Père.]

VOILA huit jours que je ſuis mère d'un Fils, ma très-chère Sœur, & c'eſt à vous que je donne le premier moment, où je puis tenir une plume avec quelqu'aſſurance. Je me ſuis très-bien-portée pour ma ſituation : mais on m'a rendu autant de ſoins que ſi j'avais été à l'agonie : cela m'aurait impatientée, ſans le motif, qui était ſi agréable & obligeant, que j'ai eu autant de plaiſir à me voir ſoignée, que ſi j'en-avais eu beſoin : à-la-fin, on me laiſſe un-peu ſur ma bonne-foi, & je vous écris, ma chère Urſule ; car votre dernière Lettre me tient ſur le cœur du-depuis que je l'ai reçue, & j'eſpère qu'une Réponſe me ſoulagera, en-vous ouvrant ma penſée.

D'abord, ma très-chère Sœur, j'ai bien

bien relu vingt fois le petit écrit de m.^{me} Parangon : & je trouve ça bien-dit, bien-tourné! Oh! la chère Dame! comme elle épanche ses sentimens! Il paraît qu'elle a écrit ça comme notre Père dit que le Roi David fesait ses Pseaumes, où il exhalait tous ses sentimens, ses repentirs & ses combats : Il me semble à moi, d'après mon petit jugement, que la chère Dame n'a rien à se reprocher ; car il n'est pas crime d'être tentée, mais de succomber à la tentation, & c'est ce qui n'arrivera jamais, s'il plaît à Dieu : mais, chère Sœur, encore que j'aye eu bien du plaisir à lire & relire ce débordement de son bon cœur, si est-ce pourtant que je ne sais trop si nous l'avons eu légitimement ; car pour ça, il le faudrait tenir d'elle : ce que je ne dis pas pour vous blâmer, chère Sœur, mais pour vous dire ma pensée. Quant à ce que vous dites de la manière dont vous mettez bien Edmond dans l'esprit de m.^{lle} Fanchette,

Tome I, II Partie. S

je n'y trouve qu'à louer, puisqu'elle sera
sa petite Femme, & qu'il l'aimera chè-
rement, j'en-suis sûre, vu qu'il aime déja
si respectueusement sa Sœur; & que ce
mariage innocentera bien des sentimens,
qui vont-&-viennent à-travers-champ.
Pour quant à ce qui est du Conseiller,
tout ça est bel & bon, & je crois que ça
réüssira, vu sa Lettre; ce qui me donne
une grande joie, à-cause de nos chèrs
Père & Mère; qui, encore qu'ils n'ayent
pour eux auqu'unes idées mondaines, ont
pourtant envie que leurs Enfans se
poussent; ce qui n'est que l'effet de la
grande amitié qu'ils leur portent, &
non d'autre-chose : mais je voudrais
encore que nous évussions légitimement
cette Lettre-là, que je suis pourtant bien-
aise d'avoir ; & je ne sais trop comment arranger tout-ça. Pour-à-l'égard des Ad-
mirateurs que vous fait votre gentillesse,
ça est tout-naturel, puisque dès ici,
vous étiez trouvé si-jolie, que plusieurs

Jeunes-gens du Bourg on dit, qu'ils
passeraient par une forêt en-feu, s'il le
falait, pour aler à Ursule R**, & pour
l'avoir en-mariage. Et vous-vous sou-
venez-bien de ce jour que nous revenions
de fener au *Vaudelannard*, avec Edmond,
vous, *Madelon Polvé*, *Marie-Jeanne
Lévêque*, *Marion Fouard*, & moi, que des
Messieurs de *Noyers* à-cheval nous ren-
contrèrent, & qu'ils s'arretèrent à nous
examiner, quoique jeunettes : L'Un dit,
—Il y a de jolies Fillettes dans ce pays-ci !
—Corbleu ! mon Ami, dit l'Autre (il
me semble l'entendre encore), voi donc ce
minois-là ! (vous montrant.) —Il est vrai,
reprit l'Autre, qu'elle est gentille ! c'est
un beau sang ! —Gentille ! dit un Troisième, elle est belle !... Mademoiselle,
qui êtes-vous ? —Je suis Ursule R**,
Monsieur, à vous servir, que vous
répondites en-rougissant, —Ah ! je ne
m'étonne pas ! c'est une petite Cousi-
ne-! Et ils descendirent tous pour vous

embraffer, & ils nous complimentèrent
auffi toutes, jufqu'à moi, dont ils de-
mandèrent le nom. Et fur ce que nous
ne répondions pas, Marion, la plus-
hardie, le dit. —Ah! c'eft la petite
fille d'un Honnête-homme! dit Un : je
la croyais votre Sœur, ma petite Cousine? —Oh-non, Monfieur; mais elle
le fera, quand elle fera grande; car mon
grand Frère Pierre dit comme-ça, qu'il
ne voudra jamais en-avoir d'Autre que
Fanchon Berthier, qui eft d'Honnêtes-
gens, & dont le Grandpère eft un faint
Homme-. Vous voyez, ma chère Sœur,
qu'il n'eft pas furprenant, que vous foyiez
regardée & contemplée là que vous êtes
aujourd'hui, où l'on fe connaît mieux
qu'en-n'un lieu (1), en-gentilleffe de figure:
mais je trouve un-peu à-redire (& pardon de
ma fincère dictée) à la manière dont vous
gardez & lisez les *Billets-doux*, & dont

_____

(1) Façon de parler du pays, qui fignifie,
mieux que nulle-part.

vous écoutez ce que disent leurs Écrivains;
car il me femble qu'il y aurait bien-là
quelque danger; & je vous prierais, fans
vous déplaire, de vouloir en-toucher
deux mots à m.^{me} Parangon; fur-tout,
de ce vieux Jargonneur Italien, qui m'a
fait friffonner fans que je fache pourquoi;
je fuis fâchée que vos gentilles oreilles
l'aient écouté. Quant à ce qu'ils font
comme Partis, je ne fais fi l'on ferait fon
falut avec tous ces Gens-là; pour moi, je
fuis pour m.^r le Confeiller, ainfi que vous.
Le Richard *M. de*-***, qu'eft-ce que c'eft?
Ça écrit drôlement! Ce langaje-là ne me
revient pas, je ne fais non-plûs pourquoi.
Le jeune Page eft hardi comme un Page, envérité! & il n'y a rien de folide là-dedans;
Ça eft trop-jeune, & Ça n'a pas d'état;
ça fera un Freluquet, qui laifferait-là une
Femme un-jour, pour aler courir de gar-
nison en-garnison, comme les Officiers
des cazernes de *Joigni*, & d'ailleurs. Je
ne fais pas ce que vous veut dire Celui que

vous appelez le Financier; un Financier eft
fans-doute un Homme de la finance , ou
de l'argent ; cela eft utile : mais la Lettre
de m.ʳ le Confeiller eft d'un honnête &
digne Homme ; je fuis de votre avis fur
fon compte. Quant à ce que vous ajou-
tez de Quelqu'une de nos Sœurs à mettre
auprès de vous ; j'en-ai voulu toucher un
mot d'abord à notre Mère , qui m'a clos
la bouche , & m'a bien priée de n'en-rien
dire à notre Père ; ainfi c'eft une chose
à ne plus penfer. Voila que je viens de
repondre à toute votre Lettre , chère
petite Sœur : il ne me refte qu'à vous
recommander de faire-usage de votre
fageffe & prudence , que vous poffédez à
un auffi haut-point que les agrémens du
corps; & c'eft dire qu'il ne vous manque
rien de ce côté-là : car je tremble toujours, en-fongeant à tout ce qui arrive,
ou peut arriver de mal à Paris.

Je vais quant à-préfent vous parler un-
peu de nous, de l'heureus évènement, &

d'Edmond, qui nous quitte demain matin, après avoir paffé chés nous huit jours,
qui ne nous femblent à tous qu'une minute,
tant il nous amuse & nous plaît: Ce qui a
fait dire ce matin en-riant à notre bon Père,
en-parlant à notre digne Mère: —Ma
Femme, tant-plûs il vous plaît, & vous
paraît agréable en-fes difcours & en-fes
connaiffances; tant-plus vîte le devons-
nous renvoyer où il a pris tout ce mérite-
là, afin qu'il f'en-rempliffe davantage, &
faffe un-jour l'honneur de notre vieilleffe,
comme notre excellent Fils-aîné en-fera
le foutien & la douceur: Et-puis fongez
que vous avez une Fille, dont ce Fils,
que vous voudriez garder, eft l'appui;
fi-bien qu'il eft à-propos de dire, que
la vraie place d'Edmond, n'eft pas dans
votre giron, où vous le teniez tout-à-
l'heure, comme un Enfant alaitant, mais
auprès d'Urfule, dont je le crée Tuteur
& Père en-mon abfence-. Ce qui a
fi-fort touché notre excellente Mère,

qu'elle s'est mise à dire , presqu'en-sou-
riant , —O mon Mari ! vous parlez toujours en-digne Père & en-Homme sage ,
dans tout ce que vous dites ; mais en-ce
moment vous passez tout : car ce discours
me va droit à l'âme , & me montre mon
vrai devoir ; par-ainsi , je suis la première
à dire , & fermement à mon Edmond,
Mon chèr Fils , c'est demain qu'il faut
partir-. Mais je ne sais quelle vertu ont
eu ces derniers mots , qu'elle , qui pa-
raissait si ferme , ne les a pu finir , sans que
la larme n'ait brillé sous sa paupière. Elle
a pourtant fait bonne-contenance , &
notre Père l'a deux-fois appelée Débora ;
—Voila une vertueuse & ferme Débora !
c'est Débora par le courage- ; & il souriait
en-dessous , de cet air , qui nous laisse en-
trevoir encore comme il était agréable en-
sourire dans sa jeunesse ; car Edmond est
son vivant portrait , & c'est pour cela , que
cette bonne Mère , qui aime si tendrement
tous ses Enfans , aime plus mollement &

plus enfantinement Edmond; ce qu'elle fait auffi pour vous, chère Urfule; car en-vous font fondus les traits d'Edmond, avec ce féminin agrément, qui mignardise davantage la beauté; & malgré ça, vous avez encore l'empreinte de votre digne Mère, non fi matériellement que Brigitte, mais fpirituellement, par l'air du visage, les ieux, le parler, & mille autres choses, qui font que notre Père dit quelquefois, depuis votre abfence: ——En-Urfule eft notre portraiture unie & confondue, pour marquer visiblement, mes chèrs Enfans, qu'Homme & Femme conjoints par mariage ne font qu'un; & c'eft la plus-belle preuve que le Bondieu en-a donnée dans notre maison—.

Je mets la charrue devant les Bœufs, comme on dit ici; car à-présent je vais vous parler de choses précédentes à tout ça. Et d'abord, je commence par l'arrivée d'Edmond, qui a été moins-trifte que celle de l'autre voyage ici; car on était tout-occupé de moi & de mon Fils. Le premier de février, je me sentis arrivée à l'heure de Dieu : auſſitôt tout fut ici en-l'air. Mon pauvre Mari alait, venait, agiſſait, & pourtant ne me quittait quaſi pas des ieux. Notre bonne Mère deſcendit chés nous dès le premier mot qu'elle en-entendit, & m'encouragea par des paroles de douceur, & par l'eſpérance d'un Fils, en-citant ſon exemple, & me parlant de ſa fermeté courageuſe en-ces occaſions. Je ne ferai pas à une Fille d'autres détails. Enfin mon Fils a vu le jour. Tout-auſſitôt, notre bonne Mère l'a dit à ſon Fils, par ces paroles, —Pierre, c'eſt le nom de votre Père qui va être porté-. Et dès que ce mot a été dit, mon Mari eſt venu m'embraſſer, encore toute comme j'étais, & puis il a couru à ſon Père, qui était ſur le perron, & il a pris la main de ſon Père, qu'il a portée à ſa bouche, en-lui diſant, —Mon Père, c'eſt votre nom qui va être porté.

Mon digne Père, je n'ai encore pas touché
l'Enfant ; il doit paſſer des mains de ſa
Mère aux vôtres, afin que je le reçoive
de Dieu & de vous. ——Non, mon Fils,
a dit le bon Vieillard, en-deſcendant,
appuyé ſur ſon Fils ; non ; c'eſt de toi
que je dois le recevoir, puiſque c'eſt par
toi que Dieu me l'envoie-. Et mon Mari
a couru chés nous, où il a trouvé mon
Fils dans mes bras ; & il me l'a pris, en-
me diſant : ——Je vais l'offrir à mon Père,
pour qu'il l'offre à Dieu-. Et je lui ai
tendu l'Enfant, qu'il a porté nu ſur ſes
bras, & il l'a préſenté à ſon Père qui
entrait, en-lui diſant, avec plûs de har-
dieſſe, que jamais il n'en-avait eû avec
un tel Père : ——Mon Père ; voila mon
Fils, qui entre dans le monde ; béniſſez-
le, & moi auſſi : car c'eſt en-ce moment
que je vous rens ce que j'ai reçu de vous,
& à mon pays. ——Je te bénis, mon Fils-
aîné, a répondu le Vieillard, & que ma
bénédiction d'abondance de cœur paſſe par

toi fur mon Petitfils, dont je rens grâces
à l'Éternel, qui me fait renaître une
feconde - fois : Mondieu béniffez mes
Enfans, & recevez l'hommage de Celui-
ci-. Et fe tournant vers moi : —Voila
comme votre Mari fut offert à mon Père ;
mais quand Edmond vint, il n'y était plus-.
Et les larmes ont roulé dans les ieux du
vénérable Vieillard, qui a dit : —Mes
Enfans, depuis que j'exifte, j'ai toûjours
tempéré le feu de la joie, comme celle
que j'éprouve en-cet inftant, par l'eau de
la trifteffe, afin que mon cœur ne f'élançât
pas dans des tranfports trop-vifs, & hors
des bornes de la raison : Et depuis que
j'ai perdu mon honorable Père, il y a
vingt-&-cinq ans, fon chèr & pitoyable
fouvenir a toujours été mêlé à toutes mes
joies, dont je lui ai fait libation, comme
les Anciens à Dieu, du vin de leurs
repas... Mes chèrs Enfans! voila comme
tous nous fommes venus au monde nus,
fans appui, fans fecours, pouffant le cri

de la douleur ; & voyez, par cet exemple,
comme un Chaqu'un de vous a été tendrement reçu par Père & par Mère, &
que la digne Fanchon, ma Bru, & votre
Sœur, vous représente au naturel les
affections qu'eut Barbe-de-Bertro ; & que
la joie de mon Fils Pierre vous représente
la mienne : & ce que je dis, je le fais moi-
même : c'est pourquoi en-ce moment,
mon cœur tout ouvert par la joie, n'en
reçoit que plus avidement le chèr & pré-
cieus souvenir de mes honorables Père
& Mère (que Dieu a dans son sein)-.
Ensuite il ajouta : ——Edmond peut
venir à cette heureuse naiflance ; &
peut-être ne le pourra-t-il pas à une-
autre : par-ainsi je lui cède mon droit de
nommer l'Aîné des Fils de mon Fils-aîné
(si tant est qu'un Père cède une-chose,
en-la fesant paffer à son Fils ; car ce fera
moi encore qui le nommerai :) Je prie
donc mon Fils-aîné, de ce moment
Homme & Père comme moi, de m'ac-

corder cette fatiffaction ? —O mon
Père, a dit Pierre ! c'eft vous qui nommez
mon Fils, puifque vous ordonnez de le
nommer à mon Frère ; & il aura deux Pareins au lieu d'un-. On a donc mandé
Edmond très-vivement, & dès qu'il a été
arrivé, tout f'eft préparé pour le batême ;
& notre Père a voulu que Chriftine tînt
l'Enfant avec Edmond, pour & au nom
de m.lle Fanchette ; & pour ce, il en a
été lui-même demander l'aveu à m.r C**,
père de la Demoiselle, qui l'a grâcieuse-
ment accordé ; & c'eft par cette raison que
m.me Parangon a reçu la Lettre de demande,
après la chose faite (1). A fon retour de
V***, où il a été feul, on a porté l'Enfant
à l'église, Edmond & Chriftine marchant
de chaque côté de la Sagefemme, &
notre Père & notre Mère derrière chaqu'un d'eux : Et quand on a été aux
Fonts, le Pafteur, qu'on a prévenu,

_____

(1) Cette Lettre eft dans la fuivante, ainfi que
la Réponfe de m.me Parangon.

a dit que rien n'empêchait que les quatre chères Perſonnes ne fuſſent pareins & mareines en-même-temps ; ce qui a fait que tous-quatre ont répondu pour l'Enfant, notre Père tenant la main d'Edmond, comme pour ne faire qu'un avec lui, & notre bonne Mère celle de Chriſtine : Et notre bon Père, au-moment où le Prêtre fesait-faire le renoncement à Satan, a répondu rayonnant de majeſté paternelle. —J'y renonce pour cet Enfant, & pour ce chèr Fils, qui repond auſſi pour lui, & faſſe le Ciel, que les manques de l'Un ou de l'Autre, retombe plutôt ſur ma tête que ſur la leur : car je ſuis leur Père—. Quand la cérémonie a été achevée, notre Père a fait paſſer tout le monde devers la tombe de ſon Père, qui eſt près de la *porte-des-épousailles ;* & là, il ſ'eſt arrêté, ſans prononcer une parole haute, mais remuant les lèvres, & jetant de temps-en-temps vers le Ciel ſes ieux, d'où coulaient des larmes en

abondance : Notre bonne Mère, elle,
était à-genous, & elle a posé l'Enfant sur
la tombe ; ce qui a paru faire plaisir à notre
Père : car il a dit tout-haut : —Il
vous a aimé & honorée, comme j'aime
& honore Fanchon Berthier, & il m'est
bien-agréable qu'il reçoive de vous notre
Petitfils-. Ensuite on est revenu, avec
m.ʳ le Curé, qui a soupé chés nous dans
ma chambre, car je me portais assés bien
pour cela. Et la conversation a roulé
sur Paris, & sur vous, ma chère Sœur :
mais moi, qui en-savais la plûs, je ne
disais rien. Et m.ʳ le Curé a été charmé
du raisonnement d'Edmond, qui parlait
si-bien, que j'en-étais émerveillée : Oh !
il est tout-aimable, & il a je ne sais combien d'esprit ; & si vous étiez ici, il m'est
avis que j'aurais autant de plaisir à vous
entendre ; & il faut dire, que si les Villes
n'avaient auqu'un péril, ça serait une
belle & bonne-chose ! On a aussi parlé
de m.ᵐᵉ Parangon, avec le respect qui
lui

lui eſt dû, & de m.^{lle} Fanchette : ce doux
nom a fait briller la joie ſur le viſage de
notre bonne Mère, & notre Père paraiſſait dans une ivreſſe de joie : mais on n'a
pas lâché un mot, quoiqu'il n'y eût-là
d'Étrangers que le Paſteur, qui dois ne
l'être pas. Voila ma chère bonne-amie
Sœur, le récit de tout ce qui ſ'eſt paſſé
en-cette occaſion. Préſentez, je vous
prie, après mes reſpects à m.^{me} Parangon, mes tendres amitiés à ma chère
petite Commère, & dites-lui, que le premier moment où je la verrai, ſera le plus
glorieus de ma vie. Pour m.^{me} Parangon,
elle ſait bien que mon cœur eſt à elle
comme à vous, ma chère Sœur, &
qu'il y ſera toujours.

X I X.ᵐᵉ

8 mars.

U R S U L E,
à F A N C H O N.

[Elle continue à lui rendre-compte de toute sa conduite, qui marque bien de la coquetterie !]

COMME je ne fais guère mes Lettres qu'en-cachette, ma chère Sœur, afin de pouvoir parler plus-librement, j'écris par petits intervales, & il n'est pas dit que tu auras cette Lettre à trois jours de la date, comme cela pourrait être, si je la finissais aujourd'hui. Je t'accuse d'abord la réception de la Lettre que m'écrivit mon Frère ; elle est fort-courte, & je te la copie :

LETTRE D'EDMOND.

*Je pars pour S**, ma Bonne-amie, sur une Lettre du chèr Aîné (1), qui me mande l'heureus accouchement de son*

_____

(1) La LXVIII.ᵐᵉ & dernière du *T. I*, du PAYSAN.

Epouse, notre Sœur aussi tendre, que
si elle était du même sang. Je craignais
ce moment; on craint toujours pour
ce qu'on chérit : & c'est doublement
que j'aime Fanchon Berthier, pour
elle-même, & à-cause de mon Frère,
qui sentirait beaucoup plûs qu'elle tout
ce qui pourrait arriver de mal à son
aimable Moitié. Ainsi, réjouis-toi,
avec nous, chère Sœurette, de ce qu'elle
ya bien, & représente-toi la joie qu'on
doit avoir eue chés nous, à la venue de
ce Nouveau-né, issu de deux Persones
si méritantes, si chéries, & si dignes
de l'être. Je ne t'en-marquerai pas
davantage d ce sujet ; car je pars : je
ne fermerai pas non-plûs ma Lettre,
sans dire un mot de notre Déesse, &
de sa charmante Sœur. La Première
a sur moi des droits inaliénables ; ils
sont étayés par tout ce qui peut les
éterniser : & quant à la Seconde, elle
m'occupe déja bien-plûs qu'on ne croit !

Fais-leur ma cour à toutes-deux, sur-tout à l'Aînée, qui tient mon sort dans sa main, & celui de ce que j'ai de plus-chèr, de ma Sœur. Adieu, Bonne-amie. Je pars, & je serai chés nous, auprès de nos chèrs Parens, demain à deux heures-&-demie : c'est l'heure où tu recevras ma Lettre, & sûrement je leur parlerai de toi, & de ce que je te dis ici en-finissant.

Il n'y a qu'amitié, tendresse, bonne-intelligence dans la Famille où tu es entrée, & que tu rens aujourd'hui si heureuse, chère Fanchon ; je suis sure que tous nos Frères & Sœurs écriraient à ton sujet, comme Edmond vient d'écrire-là, s'ils étaient à même de le faire. Je vais à-présent te parler de la Lettre de notre respectable & digne Père à m.^{me} Parangon, au-sujet de m.^{lle} Fanchette : je crois que tu l'as vue ; mais dans le doute, je te la vais copier, comme celle de mon Frère.

Madame :

Cette-cj eſt pour auoir l'honneur de
vous demander vne grâce, mais deſia
octroyée par voſtre reſpectable Père,
mon digne Amj, chez lequel ie me ſuis
tranſporté le iour meſme de la naiſſance
de l'Enfant dont eſt accouchée ma Bru,
femme de mon Fils-aiſné, à-celle-fin
de faire repréſenter m.^{lle} Fanchette,
voſtre aimable Sœur, comme mareine
dudict Enfant, par Chriſtine, l'vne
de mes Filles : I'eſpère, Madame,
obtenir de vous le meſme agrément, ainſi
que de m.^{lle} voſtre Sœur, vous ſuppliant
de me faire vn mot de voſtre main, qui
m'auctoriſe à me glorifier de voſtre con-
ſentement à toutes-deux.   Ie ne traicte
point d'autre matière dans cette Lettre,
Madame,   cette-ci eſtant aſſez impor-
tante pour la remplir ſeule : ſi ce n'eſt
pourtant, que ie vous fais mes très-
humbles remerciemens de vos incompa-
rables bontez pour ma Fille que vous

auez par deuers vous: agréez-les,
je vous en-supplie, Madame, à-rai-
son de leur parfaite humilité, & du
profond respect auec lequel i'aj l'hon-
neur d'estre, Madame,

Vostre très-humble, très-obéissant
& très-obligé seruiteur

E. R**.

M.ᵐᵉ Parangon, dès qu'elle eut achevé
de lire cette Lettre, vint à nous, la joie
dans les ieux, & demanda l'agrément de
sa jeune Sœur, qui le donna de la manière la plus obligeante, demandant même
s'il falait partir : sa Sœur l'embrassa en-
souriant, & me dit de rendre témoignage
des dispositions de sa chère Fanchette;
& elles se félicitèrent toutes-deux de ce
que tu portais le même nom que ta petite
Commère : ce qui fait qu'elles espèrent
que vous aurez fait appeler l'Enfant
Edmond-François. M.ᵐᵉ Parangon mit
aussitôt la main à la plume, pour écrire
ce que voici : (mais il faut te prévenir

que la Lettre que vous avez reçue n'eſt
pas la moitié de ce qu'elle avait écrit :
c'eſt pourquoi je vais te la remettre
ici en-entier : car elle m'en-a laiſſé le
brouillon) :

RÉPONSE de m.ᵐᵉ P A R A N G O N,
au PÈRE R**.

C'eſt avec un vrai plaisir, Monsieur,
que ma Sœur & moi nous acceptons
l'honneur que vous nous avez fait à
toutes-deux, dans une cérémonie auſſi
auguſte que celle du batéme de l'Ainé de
votre premier Fils : Vous avez bien-
voulu vous relâcher de votre droit, en-
faveur du Second, qui pourrait être loin
de vous, lorſque ſon tour ſerait venu,
& vous avez penſé que Perſone ne pouvait être plus zèlé pour vous, après
lui, que ma Sœur & moi. Vous nous
avez rendu-juſtice, Monsieur, & vous
en-verriez la preuve, ſi nous avions le
plaisir d'être auprès de vous. » En-
» effet, qui peut ſ'intéreſſer davan-

  » tage à vous, à Edmond, à toute
» votre chère Famille, qu'une Femme
» qui se propose d'y placer sa Sœur,
» & de devenir elle-même la sœur d'un
» de vos Enfans, & par lui de tous les
» Autres ? Oui, mon chèr Monsieur
» R * *, vous que j'honore & comme
» un digne Vieillard, & comme un ex-
» cellent Père, & comme l'Ami du mien,
» le plus doux de mes vœux, celui que
» j'avais déja exprimé à Edmond avant
» son mariage avec ma Cousine, c'est
» de lui donner dans ma Sœur une-autre
» moi-même, de nous unir par-là, & de
» serrer des nœuds qui durent autant que
» notre vie. Rien ne pourra les briser,
» & l'intérêt, ce boutefeu des sociétés hu-
» maines, n'aura auqu'un pouvoir sur
» la nôtre ; la fortune de ma Sœur sera
» la mienne, & tout ce que je possède,
» je n'aurai de plaisir à le conserver
» que pour elle. C'est un engagement
» que je suis bien-aise de prendre avec
                         vous ,

« vous , par cette Lettre, dans une
» occasion, où de vous-même, vous
» avez cherché à établir quelques rap-
» ports entre ma Sœur & votre Fils
» Edmond. Je suis charmée d'avoir
» occasion de vous avouer que ces rap-
» ports font réels, qu'ils exiftaient
» déja, & qu'ils font mon ouvrage.
» Le temps où ils feront abfolument
» réalisés, n'arrivera jamais affés tôt,
» au gré de mes desirs, foyez-en fur,
» mon chèr Monfieur ». Fanchette &
moi nous fommes dans les mêmes fentimens ; j'ai fouvent occasion de m'en-
affurer.   Votre aimable Fille , ma
chère & conftante Amie Urfule, en-eft
le témoin irreprochable.   C'eft avec ces
fentimens, que je fuis, & ferai toute
ma vie, Monfieur,   Votre, &c.ª

Voila tout ce que renfermait la Lettre
écrite dans le premier mouvement de joie :
mais enfuite, m.^{me} Parangon, fans changer d'avis, l'a trouvée trop-expreffive ;

c'eft ce qu'elle m'a dit à moi-même. Tu
vois, chère Sœur, que tous nos projets
de bonheur ne font pas des chimères : car
m.^{lle} Fanchette eft un excellent parti,
m.^{me} Parangon n'ayant pas d'Enfans,
outre qu'elle eft riche de fa feule portion.

10 mars.

Je te fers à ton goût, je le fais, ma
chère Sœur, par la manière dont je t'ai
écrit avanhièr, parlant d'abord des choses
que tu as plûs envie de favoir, & paffant
après aux complimens, qui t'intéreffent
moins. Reçoi pourtant ceux que je te
fais, ils le méritent par le cœur dont ils
partent, & je fuis d'une joie inconce-
vable, depuis que ta chère Lettre ne me
laiffe auqu'un doute fur le bonheur de ton
Mari & fur ta fanté. Tout ce qui m'approche & tout ce qui a rapport à moi
f'en-eft aperçu ; j'ai été plus-refignée avec
m.^{me} Canon, plus-tendre avec ma Protectrice, plus-gaie, plus-folle, avec
m.^{lle} Fanchette, & plus-humaine envers

pour moi affés embrouillées. S'il ne s'eft
mes Adorateurs: car j'en ai toujours, &
ils ne font qu'accroître: mais ce qu'il y a
d'agréable, c'eft qu'on s'adreffe auffi à mes
deux Compagnes; car Fanchette grandit
beaucoup, & fe forme très-vîte: je vais
t'amuser de tout cela: avec toi, je fuis fincère, & fans auqu'une reserve; au lieu que je
ne crois pas qu'il faille tout dire à Edmond;
c'eft un Homme quoique mon frère.

Mes trois ou quatre Amoureus me
donnent toujours des Lettres, & Celui
qui devait mourir de desespoir fe porte
à-merveilles: c'eft que dans ma joie, il
m'eft arrivé un-jour de lui fourire: ce
qui lui a fait tant de plaisir, que depuis
ce moment-là, il a un teint charmant.
Je t'avouerai qu'auparavant il était fort-
pâle, & il eft à-croire qu'il était fort-
tourmenté; cela peut arriver, & je n'y
vois rien d'extraordinaire. Mais ce qui
doit le contrarier, c'eft qu'avec m.me Parangon, qui eft moins économe que fa

V 2

Tante, nous ne fortons plus qu'en-voiture.
Je crois pourtant en-deviner la raison:
c'eft qu'on la courtise auffi: elle m'a bien-
caché qu'elle eût des Adorateurs, & fi je
les fais; je t'en-parlerai tout-à-l'heure: elle
prend le bon-moyen pour ne les pas entendre, ni recevoir leurs Billets. Mon
pauvre Page, que nos forties en-carroffe
contrarient, met fon efprit à la torture
pour me parler, ou me faire parvenir fes
Lettres, & il y réüffit, parce-que j'y aide
un-peu; d'ailleurs, nous fortons & ren-
trons toujours aux mêmes heures: il fe
trouve à la porte, il me dit un mot, ou me
gliffe fon poulet, fans pourtant que je le
prenne. Je n'entens plus parler de mon
Vieillard. Mon Prometteur de richeffes
(c'eft le Financier, qui m'avait écrit qu'il
fe retirait), ne fe retire pas; il eft parvenu hièr jufqu'à m.^{me} Canon, & dans
un difcours fort-long & fort-enfigou-
riq (à ce qu'elle a dit à m.^{me} Parangon),
il lui a fait des propofitions de mariage
pour moi affés embrouillées. S'il ne f'eft

pas clairement expliqué, que demandait-
il? Aureste, je n'en-suis pas fâchée, &
je m'en-tiens à Celui que tu sais. Quant
à mon premier Adorateur qui est cet
Homme de-haute-condition, Celui-là ne
parle pas de mariage, mais d'amour, de la
plus-drôle de manière du monde. Il se
nomme le Marquis de-* * *; il n'est ni
beau ni laid de figure, malgré qu'il soit un-
peu marqué au *b* à une épaule; mais on déguise cette tache, qui paraît néanmoins,
en-dépit des vestes matelassées. Il continue
à me parler de ses *moyens plus-efficaces:*
Qu'il les employe donc! Ce qu'il y a de
singulier, c'est que Persone ne se doute ici
de tout-cela: quant à moi, je m'en-amuse,
parce-qu'envérité, il n'y a pas l'ombre du
danger pour mon cœur. Cependant,
comme je ne saurais plus espérer d'avoir
ici une de mes Sœurs, je vais cesser de
prendre part à tout cet enfantillage.

Ce qui m'a fait rire, & ne m'a pas surprise, c'est, comme je te le disais tout-

V 3

à·l'heure, que m.^{me} Parangon ait ſa part de
ces hommages; car, ſi j'en·crois ſa conduite, on ſ'eſt expliqué avec elle beaucoup
plus-clairement de-bouche que par-écrit.
Ce n'eſt pourtant pas l'air de m.^{me} Canon,
qui fait qu'on ſe frotte aux Perſones qui
paraiſſent ſous ſa garde ! car elle a l'enco-
lure d'un vrai Cerbère (comme tu ne ſais
pas ce que c'eſt, Cerbère eſt le Chien
qui garde la porte des Enfers chés les
Payens.) Mais avec ſon air rebarbatif,
elle a quelque-choſe de ſi comiq dans ſa
miſe & dans ſa figure, que je penſe qu'on
la prend pour une Folle. Avec cela, dès
qu'on nous regarde, & qu'elle ſ'en-aper-
çoit, elle lance un coup-d'œil hagard, qui
fait rire; car je vois qu'on éclate.

Je vais te copier une des Lettres qu'a reçues m.^{me} Parangon, & qu'on lui a miſe dans
le coqneluchon de ſon mantelet, un-jour
que nous entrions fort-preſſées à *Saint-
euſtache* : je fus la ſeule qui m'en-aper-
çus; je ne voulus rien dire, & le Billet

étant tombé à l'église, je le ramaffai, me proposant de le lui remettre à notre retour, comme un papier qui lui appartenait. Mais il arriva que nous rentrames feules, m.lle Fanchette & moi; m.me Parangon & m.me Canon, après nous avoir defcendues, alèrent à quelques affaires. Je ne pus refifter à la tentation de lire. Je m'enfermai feule, & comme le Billet n'était pas cacheté, mais plié comme un papier d'affaires, je l'ouvris fans conféquence. En-voici le contenu:

Je ne fais, ma Belle, ni quî vous êtes, ni l'état de votre fortune: mais je penfe que quî que vous foyiez, & quel que foit l'état de vos affaires, vous ne ferez pas fâchée qu'un Honnête-homme vous propofe quarante mille livres de rentes. Voila mon premier mot; il eft clair, élégant, fonore, & de la meilleure profe poffible. Cette propofition eft à réalifer, felon ce que vous ferez

V 4

*car je le répète, je n'ai pas l'avantage
(fort-desiré!) de vous connaître. Si
par-hazard, vous êtes une Femme galante, je vous avouerai, & vous aurez
une maison montée: si vous êtes dé-
cente, tout se fera en-secret: si vous
êtes honnête dans toute la rigueur du
terme, vous êtes assés belle pour que je
fasse la folie de vous épouser: car, sans
vous fâcher, ma Belle, le mariage est
toujours une folie: mais vous êtes si
aimable, que du moins avec vous la folie
sera gaie. Je vous parle-franc, parce-que je suis vrai, & tout-rond dans
mes manières. Que mon ton ne vous
fâche ni ne vous révolte; je suis Homme
à vous adorer prude, si vous l'êtes,
tout-comme à en-agir sans-façons, si
vous ne l'êtes pas. Tout ce que je vous
marque est conditionnel, hors mon
amour, qui est réel, dans quelque passe
que vous soyiez: & à parler sincèrement,
de toutes les passes, c'est la dernière des*

trois que j'ai citées que je préférerais avec vous : oubliez donc tout ce qui ne vous regarde pas, pour ne vous souvenir que de ce qui a rapport à ce que vous êtes en-effet. Je suis tout à vous, ou passionnément respectueus, ou passionnément amoureus, ou passionnément généreus,

    Votre très-humble & très-obéissant
    serviteur.   * * *****.

Après avoir lu ce singulier Billet, je le repliai, j'attendis le retour de m.^{me} Parangon, & lorsqu'elle eut ôté son mantelet, je glissai adroitement le Billet dans le coqueluchon : Au premier moment où je me trouvai seule avec elle, je lui dis, que je croyais avoir vu mettre un papier dans son mantelet, lorsque nous entrions dans l'église. Elle rougit, & ala le prendre ; le Billet tomba : elle le lut tout bas, le serra, & me dit : —C'est une folie, comme on en-écrit ici à toutes les Femmes, lorsqu'elles ont le malheur de trouver un Impudent en-leur chemin : cela n'eſt pas digne de t'être montré , ſans quoi je te lirais cette Lettre , dont l'Auteur m'eſt parfaitement inconnu-. Depuis ce moment , il eſt beaucoup plus-difficile d'aborder auqu'une de nous.

Enfin , m.^{lle} Fanchette a auſſi un Adorateur ou deux. Ce ſont des Vieillards chancelans : ils n'ont pas écrit , mais tous-deux ont parlé , je crois , à m.^{me} Canon , à ce que j'ai pu deviner. J'étais à-portée d'entendre la converſation du Premier qui ſ'eſt préſenté , un-matin , préciſément le lendemain d'un jour où un Grand-échalas , un-peu recourbé par le haut , & dont le néz ne reſſemblait pas mal à un éteignoir, avait parlé à ma jeune Compagne durant une'partie du ſalut. Il eſt entré : —J'ai l'honneur de parler à m.^{me} Canon ? —Oui, Monſieur : que lui voulez-vous ? —L'entretenir d'une affaire très-intéreſſante-. En-ce moment , il ſ'en-eſt peu-falu que je ne me ſois trahie : imagine-toi que les

deux mentons avancés de m.^{me} Canon ,
& du Siècle-paſſé qui lui parlait, ſe tou-
chaient quasi, encore que le reſte de leurs
visages fût à une honnête diſtance ;
—Madame eſt la maitreſſe de la maison ?
—Je le ſuis de cet appartement , & Chaqu'un des Locataires l'eſt chés ſoi. —Ah !
Madame , ce que je veux dire , c'eſt
que vous êtes la principale Locataire ?
—Vous-vous trompez, Monſieur ? —On
me l'a dit cependant. —On était mal-
inſtruit. —Soit, Madame : je voulais
vous parler d'une-chose qui peut-être
vous fera plaisir ? —C'eſt ſelon ; juſqu'à-
présent cela ne m'en-fait pas beaucoup.
—Je le crois, Madame : mais il faut
débuter par quelque-chose. Mlles vos
Filles ſont charmantes : ne ſongez-vous
pas à les pourvoir ? —Elles ſont pour-
vues, Monſieur. —Avantageusement,
Madame ? —Très - avantageusement.
—Elles méritent une fortune. Pour
moi, je voudrais que la Cadette fût libre ;

je lui proposerais un Parti qui l'avanta-
gerait de vingtmille-livres de rentes.
—Cela ferait une belle fortune : mais
elle eſt pourvue, Monſieur, je vous l'ai
déja dit. —Eſt-ce une-chose arrêtée,
Madame? —Abſolument, Monſieur.
—Mais en-conſidération des avantages
que je ferais-faire, ne pourrait-on pas
dumoins balancer?... Quel eſt ce Parti?
—Un très-aimable Jeune-homme, qu'elle
doit épouser dès qu'elle ſera en-âge d'être
Femme. —Un Jeune-homme!... Qu'eſt-
il? —Il eſt peintre. —Ah!... ce ferait
dommage de ſacrifier une ſi jolie Perſone
à un Homme-du-commun! Il eſt aſſés
de Femmes pour ces Gens-là! Les
Beautés, comme m.^{lles} vos Filles, Madame, ſont faites pour trouver un ſort
brillant, & je vous propose ma fortune,
ſi elle vous tente. —Vous-vous mo-
quez, Monſieur! C'eſt tout-comme ſi
je me proposais au Prétendu de Fanchette, pour l'épouser, aulieu d'elle,

fous prétexte de lui faire fa fortune : Car je fuis à mon aise, Monfieur : cette maison eft à moi, & ce n'eft pas mon feul bien. —Vous voyez, Madame, qu'on ne m'avait pas trompé, quand on m'avait dit que vous étiez maitreffe de cette maison ? —J'en-fuis la Propriétaire, Monfieur. —Il eft vrai que le terme eft plus-expreffif.... Enfin, Madame, je vous propose, pour votre charmante Fille, un avantage de vingtmille-livres de rentes. —Je fuis votre fervante, Monfieur : Ma Fille époufera fon Amant, un Jeune-homme beau comme elle, & non-pas fon Grandpère. Adieu, Monfieur ! Nous fommes ici à l'*Ile-des-Fous*, je crois, & je redoute envérité de vous reffembler-! Elle l'a pouffé dehors, & lui a fermé la porte au visage, en-le traitant d'Impertinent, lorfqu'il ne l'a plus entendue.

Mais, ma chère Sœur, peut-être ai-merais-tu mieux que je te parlaffe des

curiosités de Paris, que de toutes ces
petites misères, que je te raconte, que
pour ne te rien taire ; & encore, parce-que
chés nous, je sais que tout amuse : d'ailleurs tu m'aimes si tendrement, que je
crois pouvoir t'écrire comme je caquete
rais avec toi, si nous étions ensemble,
soit ici, soit à *L.-B* * * * : enfin, je te
marque ce qu'Une-autre que moi ne pourrait t'écrire : aulieu que vous avez mon
Frère pour vous raconter dans ses Lettres
ce qu'il y a de remarquable à Paris, beau-
coup-mieux que je ne le ferais. C'est en-
en-conséquence de tout-cela, qu'après
t'avoir dit que je vois Laure en-secret, je
vais traiter le point de mes occupations,
parce-que je m'en-aquiterai bien.

Nous n'avons pas un moment d'inutile,
sous la direction de m.^me Canon ; & depuis
que m.^me Parangon est avec nous, elle ne
diminue pas notre occupation, mais elle
y répand un charme, qu'elle seule peut
donner. Le matin, en-nous levant, nous

fesons la prière ; puis nous deffinons d'après
les meilleurs modèles : nous peignons
enfuite quelque-fujet indiqué par notre
Maître, par mon Frère, ou par m.me
Parangon. Cela nous mène jufqu'à
midi, que nous alons à la meffe. Au
retour, une leçon de musique, donnée
par une Femme : c'était une Jeune-mar-
chande-de-musique de la rue *du-Roule*,
qui eft très-aimable ; mais m.me Parangon
la remplace abfolument depuis quelques
jours. On dîne à deux heures. Nous
alons à la promenade, ou nous fesons
une lecture. On travaille à l'aigüille,
en-modes, en-robes, en-linge le refte
de la journée, jufqu'au fouper ; ce temps
eft d'environ quatre heures, à-moins que
la promenade n'ait été longue ; ce qui eft
fort-rare. Après le fouper, on parle
deffin, peinture, & de ce qu'on fera
le lendemain en-ce genre ; afin de prépa-
rer la tête à ce qui doit l'occuper dans la
matinée, & pour que les idées f'y gra-

vent mieux durant les intervales du fom-
meil. Cette méthode me paraît excellente , & je m'en-trouve bien ; toutes
mes penfées , dans les infomnies , fe portent fur l'art qu'on m'enfeigne , & je fais
quelquefois des réflexions très-heureuses.
Mme Parangon aurait peut-être confenti
à ne nous occuper que de peinture ; mais
fa chère Tante Canon lui a dit à cette occafion avec un-peu d'humeur : —Je ne
faurais voir des Femmes ne faire auqu'un
ouvrage de Femme : pour moi , fi je ne
tenais jamais l'aigüille , je me croirais
bientôt un Homme ! Fi ! des Femmes
qui font les Hommaffes ! il n'y a rien au
monde de fi vilain , de fi mefféant ! Ça
conduit à perdre toute-pudeur-. Mme
Parangon fut l'embraffer la larme à l'œil ,
en-lui difant : —Ah ! ma chère Tante!
la belle vérité , que vous venez de dire-là !
Je ne faurais vous exprimer combien je
profite avec vous , & combien vos fages
avis me font éviter d'écarts ! oui , envérité ,

rité, ce que vous venez de dire vous
eſt dicté par la ſageſſe même-! Je crois
auſſi qu'elle a raiſon, & qu'il faut que les
Femmes ſoient Femmes.   Nous ſommes
très-heureuſes dans notre vie occupée ;
nous ne connaiſſons pas l'ennui, & ſi
nous ne nous diſſipions pas un-peu trop
en-alant à l'égliſe ou à la promenade, il
n'y aurait pas d'innocence & de tranquilité comparables à la nôtre.

Je te dois un compliment bien-ſincère,
en-finiſſant cette Lettre, ma chère Fanchon, c'eſt que tu traites tout ce que tu
m'écris, de la manière la plus intéreſſante ;
tu me touches, tu m'attendris, & m.^{me}
Parangon en-particulier, eſt enchantée
de ton ſtyle & de tes ſentimens.   Adieu,
Sœurette bonne-amie :   ménage-toi.
Tu nourris ton Fils ; cela te met à l'abri
de bien des petits inconvéniens, auſquels
j'entens dire que les Femmes de Paris ſont
ſujettes.

Page 243, ôter la ligne qui eſt au-haut de la page.

Tome I, II Partie.   U

X XME

13 avril.

EDMOND,
A URSULE.

[Il parle d'Edmée, ainfi que de fon art, & finit par un mauvais-confeil à Urfule.]

JE fuis dans un ifolement pénible, ma chère Sœur ; tout le monde m'abandonne à moi-même, & envérité je ne fais comment faire pour réparer le vide où On me laiffe : On eft toute à toi, & je ne fuis plus rien : ce n'eft pas que j'en-fois jaloux ; mais fi je cherche auffi à occuper mon cœur, vous n'aurez rien à me dire.

J'ai revu Edmée ces jours paffés : elle eft encore auffi aimable qu'elle me l'avait paru à *Vaux* (1). C'eft'tout ce que je puis t'en-écrire à-préfent. Tu confieras ma part à notre adorable Fée, que j'ai été affés familier chés fa Voifine (2) ; mais

_____

(1) Voyez la XIIme du PAYSAN, *p. 50 &* fuiv. du *T.* I.

(2) Mlle Baron ; *voyez* le PAYSAN, LXXme *T.* II, *p.* 20 *& fuiv.*

que je m'en-retire infenfiblement; les
Coquettes (foit dit fans médisance), ne
font pas la fociété qu'il me faut. J'efpère que tu me donneras de tes nouvelles :
Celles d'ici, à-l'exception de ce qui regarde la fanté de nos chèrs Père & Mère,
& de toute notre Famille, qui eft excellente, ne méritent pas que je t'en-entre-
tienne. Il en-eft cependant qui pourraient t'intéreffer; mais je ne fais pas f'il
eft à propos de te les donner (1).

Nous fommes affés bien, m.^r Parangon
& moi, depuis quelque-temps; je le feconde de tout mon pouvoir, & nous tra-
vaillons tous-deux, comme pour éviter
que le Diable ne nous tente. J'ai fait une
Annonciation pour un maître-autel, &
j'ai cherché par-tout une figure de Vierge
bien-agréable & bien-angélique : j'en-
aurais bien pris Une qui eft toute-cé-

_____

(1) Il veut parler du voyage du Confeiller à
Paris.

U 2

lefte, ou celle de m.^{lle} Fanchette, ou
la tienne : Mais cela aurait pu faire un
mauvais effet fur m.^r Parangon ; j'ai pris
celle d'Edmée ; & il faut avouer, que c'eſt
peut-être le minois qui convenait le mieux
au fujet : car la Beauté que j'avais d'abord
en-vue eſt trop voluptueuse, & on aurait
été tenté, au lieu de prier : je ferais ainſi
tombé dans le même inconvénient que
Rubens, dans fon *Annonciation*, que
m.^r le Prince de Conti vient de faire
acheter, & où la Vierge eſt en-petit-néz
retrouffé des plus coquets (1) ; quant
à m.^{lle} Fanchette, elle eſt trop-jeune, &
elle a déja trop de cette aimable langueur,
qui la rendra ſi dangereuse un-jour :
Pour toi, je ne fais, mais ta figure
vaudrait mieux en – Madeleine encore
un-peu galante : Ma-foi, il me falait
Edmée, & je l'ai trouvée-là fort-à-

---

(1) Ce beau tableau eſt à-préſent à m.^r *D.
T. De-la-Bourdonné*. 1781.

propos! M.ʳ Parangon, qui ne la connaît pas, a trouvé la tête admirable! Il en-a fait honneur à mon imagination, & il m'assure, que j'ai dans l'esprit les belles formes de la Nature. Pour lui, qui s'était reservé un *Saintjoseph*, pour mettre à la chapelle qui fait le pendant de celle de l'*Annonciation*, il a jugé à-propos de se peindre trait pour trait, je ne sais à quelle intention. Dans un-autre tableau à nous-deux, où nous avions Psyché, poursuivie par Vénus, déguisée en-Furie; il a donné à la Furie les traits de m.ᵐᵉ Canon, au plus-naturel: moi, j'ai fait Psyché, sous ceux d'une Femme que nous adorons: mais ici m.ʳ Parangon m'avait dit de prendre le grand portrait de la chambre-à-coucher, pour modèle. On me flatte que je l'ai surpassé, quoique m.ʳ Parangon regarde ce portrait comme son chéf-d'œuvre. C'est que j'avais bien-mieux dans le cœur les traits que je devais rendre fur la toile, que lui dans les ieux, & que c'eſt le cœur, plûs que l'œil, qui conduit la main. Voila toutes les nouvelles que je te puis donner, chère bonne-Amie. Offre mon hommage à m.^{me} Parangon & à m.^{lle} Fanchette.

P.-ſ. Vous ne voyez pas m.^r Gaudét? Nous ſommes fort-bien enſemble : c'eſt un bon ami. S'il veut te parler en-particulier, ma-foi, il faut t'y prê-ter, & n'en-rien-dire. Quant à Laure, je fais que vous-vous voyez aſſés ſou_ vent, & qu'il te donne ſes avis par elle, comme nous-en-étions convenus dès ici ; tu ne ſaurais mieux-faire que de les ſuivre à-la-lettre. Il ſerait heu-réus qu'elle fût admise chés vous.

XXI.me

28 avril.

FANCHON,
à URSULE.

[Ma Femme lui parle de notre Sœur Brigitte,
& d'un bruit fâcheus au-sujet d'Edmond.]

Si j'ai si-longtemps différé à vous répondre, très-chère Sœur, ce n'est ni par
indifférence, ni que je me sois mal-portée :
aucontraire, ma santé ne fut meilleure
en-auqu'un temps. Mais c'est que j'attendais que mon Mari eût des nouvelles de
son Frère. Et justement il en-a eu ces
jours-ici, ainsi que des vôtres, très-chère
Sœur : car le chèr Frère Edmond nous a
transcrit votre Lettre (1) : ce qui me fait
croire qu'il pourrait y avoir quelque petit
retentum, comme dit notre Père, de sa
part, ou de la vôtre : Quoi-qu'il-en-soit,
ma chère Ursule, j'attendrai là-dessus ce
qu'il vous plaîra de me marquer : & quant

_____

(1) Elle se trouve dans la LXXI.me du PAYSAN,
p. 27 du T. II,

à moi, je vais vous dire les nouvelles
d'ici : car bien qu'elles ne foient pas auffi
brillantes, que celles que vous me don-
nez, fi eft-ce pourtant qu'elles ne laif-
feront pas de vous intéreffer, par la
bonté que vous avez de bien-interprêter
ce que j'écris, & auffi par les choses
en-elles-mêmes : c'eft qu'il f'agit de notre
Sœur Brigitte, qui eft recherchée-en-
mariage, par un bon & honnête Garfon,
J. Marfignj, que vous connaiffez. Mais
je vous avouerai, ma chère Sœur, que
malgré la mode du pays, qui n'eft pas
galante, je n'ai jamais vu de pareilles
amours : Et votre Frère-aîné en-rit quelquefois lui-même. Brigitte eft bonne,
fimple, n'entendant fineffe à rien, prenant
tout à-la-lettre. Marfignj eft de-même;
ils ne font pas plûs feseurs de complimens ni de careffes l'Un que l'Autre :
Pourtant ils ont envie de fe plaire ;
mais je m'imagine que c'eft d'après ce
qu'ils veulent être l'Un envers l'Autre
par-

par-la-fuite: Marfignj ne recherche
pas Brigitte, parce-qu'elle eſt aſſés gentille; mais parce-que c'eſt une bonne-
ménagère: & il plaît à ſa Maitreſſe,
parce-qu'il eſt infatigable au travail, ſobre
& preſqu'avare; D'après cela, quand
le Garſon vient ici faire l'amour, il commence à ſe mettre en veſte, ou en-che-
miſe, & travaille comme quatre à nous
aider: l'autre-jour, en-moins de deux
heures, il nétoya le toît aux Moutons,
où il y avait bien trente voitures d'engrais,
& en-quittant, il refuſa un verre-de-vin,
que notre bonne Mère lui portait.   Pendant ce temps-là, Brigitte, qui travaille
toujours aſſés, ſe tuait à tout ranger ;
car pour donner dans la vue de ſon Amoureus, elle ne veut pas des ouvrages tran-
quiles; elle fait les plus lourds des Ser-
vantes ou des Filles-de-journée: & quand
l'Amoureus & la Maitreſſe n'en-peuvent-
plus, ils ſe regardent un-peu en-deſſous,
pour voir Celui qui eſt le plus las; ſans-

Tome I, II Partie.   X

doute parce-que c'eſt Celui-là qui eſt le
plus-agréable. Voila comme ſe paſſent
toutes les visites de J. Marſignj : A ſa
Maitreſſe, pas un mot ; mais à mes Sœurs
& à moi, c'eſt toujours quelques poli-
teſſes à ſa manière ; il nous ôte tout des
mains, pour nous empêcher de le porter,
& nous repouſſe ſi-fort, que l'autre-jour
Chriſtine manqua d'en-tomber, en-nous
disant, —Otez-vous de-là ! vous n'auriez
pas ſeulement la force de porter une pâille :
voyez, moi-! Quant à ſa Maitreſſe,
il la verrait plier ſous le faix, qu'il n'y
mettrait pas la main, & il nous dit d'un
air de vanterie : —C'eſt que ça fait une
Fille vertueuse (1), celle-là ! & non-
pas vous-autres, qui n'êtes que des Mau-
viettes-! Notre chèr Père rit de le voir,
mais à-part ; car devant nous, il tient
ſon ſérieus, ne voulant pas qu'un Homme
qu'il ſe propose de donner pour ſeigneur

_____

(1) *Vertueuse,* dans le pays, ſignifie *forte*
au-phyſiq.

& maître à sa Fille-aînée, soit envisagé de ses autres Enfans sous un jour qui le leur rende moins-respectable. Voila toutes nos nouvelles d'ici, chère Sœur.

Quant à ce qui est du chèr Frère Edmond, il paraît se bien plaire à la Ville de mieux-en-mieux : mais il parle de m.^{lle} Edmée à son Frère-aîné d'une manière qui nous donne bien à penser ! Ce n'est pas qu'il me soit avis qu'il y ait rien à craindre de ce côté-là ; car voici une occasion, je crois, qui va montrer qu'il n'y a point de mal sans un bien : c'est que cette grande attache qu'il a pour m.^{me} Parangon, nous répond que rien ne le fera écarter des vues qu'a sur lui cette excellente Dame. Je ne sais pourtant ce qu'a chanté un Jeune Gautherin de N**, qui est clerc-de-procureur à Au**, lequel est venu voir son Père la semaine passée ; il a comme parlé d'une histoire d'Edmond, avec une Demoiselle, voisine de m.^r Parangon, qui passe pour une grande

X 2

Coquette! il a dit que votre Frère en-
était bien-venu, ainſi que de la Mère, ou
Bellemère, & qu'on eu-parlait un-peu
dans la Ville, diſant, qu'il était bientôt
conſolé de ſa Femme. Mais vous verrez
que tout-ça n'eſt que des bruits ſans fon-
dement; &-puis d'ailleurs, Gautherin
n'a pas dit qu'Edmond faſſe du mal avec
cette Demoiſelle. Autre-choſe n'ai à
vous mander, très-chère Sœur: car
pour quant à ce qui eſt des choſes que
vous me marquez dans votre Lettre, je
ſens que je n'ai pas aſſés vu le monde,
pour vous donner mes conſeils, & je me
renferme, dans ce que j'ai entendu dire
l'un de ces jours à mon Mari, au-ſujet
de ce que Gautherin avait dit de ſon Frère:
—Les Gens-d'ici qui veulent juger de la
Ville, d'après ce qu'ils voient dans notre
Village, ſont de pauvres Aveugles qui
parlent des couleurs, ou des Sourds qui
veulent juger des ſons: les choſes ne
ſe font pas tout-à-fait-là comme ici;

&-puis d'ailleurs, mon Frère eſt bon &
ſage ; il ſait ce qu'il faut faire & ne faire
pas : Par-ainſi, moi, qui le connaîs,
mieux que ces Gens-là; je me tiens coî,
attendant pour juger, que je me ſois informé à mon Frère lui-même (1)-. Quant
à ce que vous marquez dans votre Lettre
à Edmond, qui nous eſt venue de ſon
écriture, je l'ai trouvée bien-jolie, &
ſpirituellement faite, & je voudrais pouvoir écrire commme-ça.

Je vous quitte en-ce moment, ma très-
chère Urſule, pour mon Fils que voilà qui
s'éveille, & je ne fermerai ma Lettre qu'à-
près lui avoir donné ce qu'il demande.........

---

(1) Voilà comme ma trop-grande confiance en-
mon Frère me trompait ! Car à-demi-ſavant de ce
qui ſe paſſe à la Ville, je croyais préſomptueuſement
tout ſavoir ; & j'avais en-outre l'orgueil de penſer,
que les Miens formés du même ſang que moi,
ne pouvaient faillir. J'avais pourtant du contraire,
un exemple récent, dans la faute d'Edmond avec
Laurette.

X 3

Il eſt joli comme tout; chère petite Sœur; & vous le croirez, quand vous ſaurez que c'eſt bien-plûs le portrait de ſon Oncle que de ſon Père: ce qui vient, je crois, de ce qui ſ'eſt paſſé au-ſujet d'Edmond, pendant que l'Enfant était dans mon ſein; car j'avais toujours Edmond devant les ieux du corps ou de l'eſprit pendant ſa maladie. Or vous ſavez bien qu'Edmond & vous, vous-vous reſſemblez; & par tout cela, vous voyez que mon Fils eſt très-joli. Adieu, chère bonne-amie Sœur. Quand donc vous verrai-je?

XXII.me
23 mai.

URSULE,
à FANCHON.

[La voila qui s'émancipe à recevoir des Lettres de ses Amoureus, & à y répondre.]

NOUS avons eu ici bien de l'inquiétude ces jours-ci, ma chère Sœur! M.me Parangon s'enfermait seule, & nous ne la revoyions jamais que les ieux rougis de larmes: M.lle Fanchette & moi nous ne savions qu'en-penser: mais enfin elle est plus calme. Je croyais pouvoir découvrir la cause de ce chagrin si vif; mais cela ne m'a pas été possible, & il faut renoncer à te donner des lumières là-dessus pour ne te parler que de moi.

D'abord, je te dirai, que la copie de ma Lettre à notre frère Edmond, n'était pas tronquée, comme tu le crois; je me tiens sur la reserve avec les Hommes, comme je te l'ai déja marqué; je ne parle qu'en-général, & je te reserve le parti-

X 4

culier. Le Marquis, dont je t'ai déja
parlé, m'a écrit deux nouvelles Lettres,
que j'ai un-peu imprudemment reçues;
car je présume qu'il s'est aperçu que je
les voulais garder. La première est sur
un ton assés cavalier; la seconde est sur
une toute-autre note : Entre nous, si
j'alais devenir marquise, ce ferait une
fortune bien-audessus de nos espérances!
Mais il ne me plaît pas, voila le mal, &
le Conseiller me plaît davantage. Je crois
pourtant que cela ne pourra nuire à mes
affaires, que le Conseiller sache qu'un
Marquis m'a fait des propositions de mariage; & c'est pour cela que j'ai mieux
reçu ce Galant que les Autres. Voici la
première de ces deux nouvelles Lettres :
IV.me LETTRE du MARQUIS DE-***.

Vous êtes charmante, Mademoiselle:
je vous l'ai déja écrit plus d'une fois, &
mes regards vous l'ont dit plus de cent:
mais vous paraissez ne pas faire atten-

tion à ce langaje éloquent : il faut vous
en parler un-autre. Je vous ai marqué
que j'étais riche ; que je suis de condition ; je vais aujourd'hui signer cette
Lettre de mon vrai nom. Je vous adore,
& je vous propose tel arrangement que
vous voudrez ; il n'en-est point que je
ne tienne, pourvu qu'il vous rende
riche & heureuse. Vous me paraissez
de l'honnête bourgeoisie, malgré l'air
extraordinaire de votre Gouvernante,
Mère, Tante, ou Bisayeule, je ne
sais lequel : mais si vous cherchez une
situation honnête, elle est trouvée ; je
suis à vous, & vous pouvez disposer de

Votre dévoué serviteur,

Le Marquis de-***.

Vme L E T T R E.

Mademoiselle : Le premier Billet
que j'ai pris la liberté de vous écrire,
est si heureusement parvenu entre vos
mains, que j'attendais une Réponse :
mais votre silence, & de plus exactes

observations qu'il a occasionnées,
m'ont fait comprendre, que je m'étais
mépris, non à mes sentimens, qui seront
éternels, mais dans l'idée que j'avais
prise de vous, par vos alentours : Je
serais au-desespoir, Mademoiselle, de
tendre des piéges à la vertu d'une Jeune-
persone honnête, & digne de la plus-
haute considération, telle que vous êtes
en-effet : ce qui doit naturellement re-
sulter de la découverte que j'ai faite,
c'est, non d'éteindre mon amour, mais
de règler mes sentimens. Je vous offre
un mariage secret, à-cause de ma Famille, mais cimenté par tout ce que
pourront nous dicter des Persones pru-
dentes & desintéressées. Je n'aspire,
Mademoiselle, qu'a vous donner un
titre dont vous êtes digne, & si vous
me permettez un moment d'entretien
avec vous, ou avec Quelqu'un dans
qui vous ayiez confiance, je détaillerai
le reste des arrangemens ; sur-tout la

manière dont je me propose de découvrir
à ma Famille un mariage, qu'elle ne
m'aura pas procuré. Je suis en-attendant l'honneur d'une Réponse, très-
respectueusement, Mademoiselle,

Votre très-humble, &c.ᵃ

Voici ma Réponse à la seconde de ces
deux Lettres :

Monsieur : L'honnêteté de votre
second Billet, me détermine à y répondre non pour accepter votre proposition, ce qui serait trop hardi pour
une Fille de mon âge, & dans la position où je me trouve ; mais seulement
pour vous remercier de l'honneur que
vous me faites : je sais, Monsieur,
que votre proposition ne peut avoir été
déterminée que par des sentimens très-
honorables pour moi : Cependant, je
ne puis que vous en-témoigner une sté-
rile reconnaissance, attendu que ma
Famille a des vues pour mon établisse-
ment, qui sont très - avantageuses.

J'ai cru devoir cette Réponse à un Homme de votre naiſſance & de votre mérite, qui penſe à moi, pour que vous ne preniez plus des peines inutiles. Je ſuis avec une parfaite conſidération, Monſieur,   Votre très-humble,

URSULE R***

Le lendemain du ſecond Billet, ayant aperçu à-côté de moi à l'église le Laquais qui me l'avait gliſſé, je l'ai regardé un-inſtant, pour lui faire-èntendre que je le reconnaiſſais, & tirant auſſitôt mon mouchoir, ma Réponſe eſt tombée devant lui. Comme ellè était cachetée, il a compris ce que c'était; il l'a ramaſſée très-adroitement, & ſ'eſt dérobé. Un-inſtant après en-levant les ieux de ſur mon Livre, j'ai vu le Marquis devant moi. Il m'a fait à-la-dérobée, un regard ſuppliant, auquel j'ai répondu par une légère inclination, qui a paru le combler de joie. Les choses en-ſont là.

Il paraît que l'Amant de m.^me Paran-

gon, Celui dont je t'ai rapporté la Lettre,
a auffi reçu quelques éclaircifſemens biſ-
cornus ; car ne pouvant réüffir pour
l'Aînée, il ſ'eſt propoſé pour la Cadette,
avec de magnifiques propoſitions.   Il eſt
vrai que Fanchette devient de jour-en-jour
plus charmante, & je ne ſuis pas ſurpriſe
de cette Conquête.   Il a écrit à ſa Sœur,
& à elle-même.   Fanchette ſe ſentant
donner un Billet, m'a dit tout-bas :
—On ſe trompe ; je crois que ça te regarde, car je m'aperçois qu'on t'en-donne
de temps-en-temps-.   J'ai prodigieuſe-
ment rougi,   moi qui me croyais ſi ſûre
de n'être pas vue dans mes petits arrangemens !   Si Fanchette m'avait remis le
Billet, certainement je le déchirais ;
mais elle l'a gardé.   Lorſque nous avons
été à la maiſon, elle m'a dit :   —Voi
ce qu'on t'écrit ; je ne ſuis pas curieuſe,
& je ne demande à rien ſavoir.   —Qui
te dit que c'eſt pour moi ?   —Mais, je
t'en-ai vu donner deux, par un Laquais,
& tomber la Réponſe en-tirant ton mou-

choir... Mais lis. —Eh-mondieu! ma
chère Fille, c'est pour toi! regarde!
—Mais, oui! ah! c'est drôle! lisons,
lisons :

LETTRE à m.^lle FANCHETTE.

*J'ai appris ce matin que votre char-
mante Sœur était mariée à un Jeune-
homme très-aimable, & qu'elle adore,
comme elle en-est adorée. Cette découverte me détermine à m'adresser à vous,
jeune & charmante Persone : je l'écris
à m.^me votre Sœur, & je lui propose
pour vous les mêmes conditions que
pour elle. Soyez persuadée que votre
bonheur sera ma seule occupation, dès
que j'aurai le bonheur d'avoir une
Réponse favorable. Je n'ai jamais
rien vu de si beau que vos ieux, comme
je n'ai rien vu de si voluptueux que ceux
de votre Sœur : mais il y a des causes
pour cela que j'ignorais : il ne faut
pas troubler la félicité des cœurs qui
sont d'accord. Si vous étes surprise*

que je sois instruit, je puis d'un mot
faire cesser votre étonnement; je con-
nais Un de vos Compatriotes, le Che-
valier Gaudét-d'Arras, qui a une jeune
& charmante Epouse, dont les attraits
m'avaient d'abord subjugué: mais les
Femmes de votre pays sont si tendres
& si fidelles, qu'en-me desespérant par
leurs rigueurs, elles me donnent la plus
grande envie d'en-trouver Une qui ait
le cœur libre, & que je puisse remplir.
Je ne saurais mieux m'adresser qu'à
vous, qui êtes la Sœur de l'Ami le plus
intime du Chevalier: ainsi, vous voyez,
Mademoiselle, que ce n'est plus un
Inconnu qui vous écrit, & qui vous
offre toute sa fortune & sa Persone.
Je suis avec respect, Mademoiselle,

Votre, &c.ª

Nous n'avons pas trop compris ce que
voulait dire cette fin; car m.lle Fanchette
n'a ni Frère, ni ne connaît de Chevalier
Gaudét-d'Arras; & il y a bien Chevalier:
d'ailleurs, il a une jolie Femme, & cela

nous empêche de conjecturer une erreur dans le mot *chevalier.* Comme je ne ferme pas ma Lettre aujourd'hui, si quelque-chose se découvre, je l'y ajouterai.

28 mai.

Depuis la date du commencement de ma Lettre, nous avons découvert, que c'était à moi, & non à m.^{lle} Fanchette qu'on en-voulait: le Monsieur m'a parlé, pour se plaindre de ce que je ne lui fesais pas réponse: mais je garde pour moi cette découverte, afin que ma jeune Compagne ne dise rien, en-se croyant intéressée pour son compte au-silence: car j'observe que nous avons-beau être sages, & ne pas avoir envie de profiter de nos Conquêtes, nous sommes toujours flatées d'en-faire, & cela nous occupe très-agréablement. Quant au Marquis, il a tenté de me faire accepter quelques présens, que je n'ai eu-garde de prendre. Ah-dieu! je ne le ferais pas, quand j'aurais envie du *mariage secret* qu'il me propose!

propose! Recevoir d'un Homme! c'eft
une honte à laquelle je ne me fens pas
difposée à defcendre jamais (1).

VI.me LETTRE du MARQUIS,
à URSULE,
en lui envoyant un préfent.

Mademoiselle :

*Excuserez-vous la médiocrité de la
bagatelle que je vous envoie? Vous
étes fi belle, que vous n'avez pas besoin
de ce qui pourait donner plûs d'éclat à
vos charmes: avec la fimplicité de la
Nature, ils font trop-fûrs de tout fôu-
mettre: Mais, fi vous êtes trop-riche
en-attraits, pour que cet écrin ait
un prix à vos ieux, ma paffion eft fi
vive & fi tendre, qu'elle a besoin de ce
petit foulagement. Daignez donc
agréer une faible marque de mon dévoûment respectueus: elle ferait beaucoup*

(1) Hélas! hélas! il n'y a que peu-de-temps
qu'elle n'aurait pas voulu écrire, & elle a écrit!

plus-confidérable, ſi j'oſais me flater qu'elle fût acceptée: mais je ne compte que ſur ſa médiocrité, pour me ſauver la honte d'un refus, qui me mortifie-rait cruellement! Je ſuis avec le plus profond reſpect, Mademoiselle,

Votre, &c.

J'ai renvoyé le préſent, qui m'avait été gliſſé à l'égliſe, & j'ai eu le temps de dire au Laquais, avant d'avoir lu la Lettre; Que je ne prétendais pas mor-tifier ſon Maître par un refus, mais lui faire-entendre que je ne pouvais rien accepter. J'ai gardé la Lettre très-ſciem-ment: Auſſi, lorſque le Marquis ſ'eſt offert à ma vue, ne m'a-t-il paru qu'af-fligé, mais nullement en-colère. Le même jour, mon petit Page ſ'eſt trouvé tout-près de moi, comme je montais la dernière en-carroſſe, & il m'a dit: —Je ſuis Lieutenant d'hièr; je ferai mon che-min rapidement, ſi vous voulez me faire ſeulement la promeſſe de m'être fidelle?

—Alez, lui ai-je dit; je vous attens

lieutenant-général, & alors nous verrons-.
J'ai lâché cela pour m'en-débarraffer, &
même, je l'avoue, pour ne pas éteindre
l'envie de bien-faire dans un jeune Gen-
tilhomme : Il l'a pris au-férieus ; il a
baisé ma robe, comme j'entrais dans la
voiture, & je l'ai vu très-fatiffait. J'en-
fuis charmée ; avant qu'il en-foit-là, il
m'aura oubliée, & je ne lui aurai pas fait
un refus trop-dur : car je n'aime causer
de peine à Perfone.

Je ne te dirai rien de mes autres Amans,
pas même de mon Financier, tout risible
qu'il eft. Mais je t'avouerai que j'ai copié
une partie de ta Lettre pour montrer à
différentes Perfones d'ici les amours de
notre bonne Sœur Brigitte : on les a trou-
vées plaisantes, & l'on en-a beaucoup ri ;
à-l'exception de m.^{me} Parangon, qui les
a louées, avec une forte d'attendriffement.
Elle m'a dit tout-à-l'heure, qu'elle devait
écrire à Edmond : & cette confidence
a été accompagnée d'un foupir, qui m'a

fait-comprendre qu'il lui donne quelques nouveaux chagrins. J'ai témoigné de l'inquiétude ; & il m'a femblé, par fa ré-ponfe, qu'Edmond contrarie encore fon plan favori. Il faut que ce foit cette Voisine de m.^{me} Parangon, dont tu m'as dit un mot ; car pour Edmée, quoique très-aimable, m.^{lle} Fanchette, qui la vaut aumoins pour la figure, la paffe pour la naiffance, la fortune, & toutes les autres convenances.

P.-f. La trifteffe de m.^{me} Parangon l'en-gajant à fe diffiper, je t'apprendrai que nous avons été à une belle Co-médie, qui m'a fait répandre des lar-mes. C'eft Laure qui nous en-a donné l'idée, en-m'offrant fa loge : j'en-ai parlé à m.^{me} Parangon, qui d'abord ne f'en-fouciait pas, mais qui enfuite nous a donné cette marque de complai-sance à fa Sœur & à moi. Le titre de la pièce eft *la-Gouvernante,* & m.^{me} Canon la trouve bonne.

XXIII.me
GAUDÉT,
à EDMOND.

2 juin.

[Le Corrupteur d'Edmond lui marque ici sa coupable & séductrice amitié, sur-tout vers la fin de sa Lettre.

ENFIN j'ai vu les trois Grâces, qu'en-punition de leur pruderie, sans-doute, Vénus a mises sous la garde d'Alecto. La céleste Parangon avait un petit air lan-guissant, qui la rend adorable, & ferait tourner la tête à un Anachorète. Ursule m'a surpris; elle est embellie au-delà de toute imagination, & sa ressemblance avec toi semble s'être perfectionnée : mais tu y gâgnes : Je ne crois pas qu'il y ait ici un Homme bien-organisé qui puisse la voir impunément. Quant à m.lle Fan-chette, c'est une mignature, & il est bien-singulier, qu'un Homme qu'on a flaté de quelques espérances, dont cette petite Divinité est l'Objet, puisse porter

des desirs ailleurs! Il faut qu'il soit diablement sensuel, & enclin aux plaisirs
actuels comme un Sauvage! (Cependant,
s'il les aime, il sait où les prendre: mais
cet Homme-là est un Sfinx pour moi;
il me donne à-tout-moment à deviner des
énigmes, où je ne puis rien comprendre.)
Il paraît que si j'ai été admis dans le sanc-
tuaire des Grâces, c'est parce-qu'on avait
besoin de moi: on m'a fait une entière
confidence de ce que je savais déja, &
j'ai eu deux heures de tête-à-tête avec la
plus-belle Bouche & les plus-beaux Ieux
du monde, ceux d'Ursule peut-être ex-
ceptés. J'ai répondu comme je le devais.
En-conséquence, j'ai assuré la belle Parangon, que j'emploierais toute ma capa-
cité pour vous servir tous-deux. En-
effet, je suis ton ami, & je crois que
tu me rens la justice de n'en-pas douter:
Or il est du devoir d'un véritable Ami
d'obliger par toutes sortes de moyens,
Celui qu'il aime; & c'est ce que je me

propose de faire toujours pour toi, lorſque
l'occaſion ſ'en-préſentera : car on ne doit
pas héſiter à cauſer une mortification
paſſagère à ſon Ami, quand elle doit être
ſuivie d'un avantage réel.

J'ai cauſé une étrange ſurprise aux
Dames, en-paraiſſant chés elles en-habit-
de-cavalier : c'eſt celui que je porte ici
le plus habituellement, pour éviter le
ſcandale : Je me ſuis fait annoncer ſous
le nom du Chevalier Gaudét-d'Arras,
qui venait de ma part. Mme Parangon
ne me reconnaiſſait pas : j'ai parlé, mon
rire, mes tics, tout-cela ne me démaſ-
quait point encore : je me ſuis enfin expliqué. Urſule m'a dit, qu'elle m'aimait
mieux comme-ça, & m.^{lle} Fanchette,
que j'étais plus-joli. Je ſuis flaté de ces
petits complimens ; car j'ai auſſi ma coquetterie, mon Chèr, tout-comme j'ai
ma philoſophie : je compose de mes petites
qualités, de mes petits défauts, un Moi,
dont je ſuis tout-à-fait content, & que

je ne troquerais pas, me donnât-on un
Roi en-échange. C'est une réflexion que
j'avais faite souvent, & que j'ai lue depuis,
que nous souhaitons, ou que nous envions
bien le fort des Autres, mais que nous
voudrions leur beauté, leurs qualités,
leurs talens, fans cesser d'être nous-
mêmes ; & qu'à-tout-prendre, il n'y a
peut-être pas un Homme au monde, qui
confentît à être le Roi, en-cessant d'être
lui-même, & d'avoir ses propres pensées,
c'est-à-dire son âme : pour le corps on n'y
tient pas. C'est que ce changement ferait
une véritable mort, dont, heureus ou
malheureus, nous avons tous horreur.
Aussi n'ai-je rien vu de plus fot que nos
lois contre le fuicide ; c'est l'acte d'un
Fou, & prétendre donner des lois aux
Fous, c'est être fage comme eux. Si
j'étais Roi, fe tuerait qui voudrait, &
il pourrait bien arriver que ces Fous, que
les obftacles irritent, ne fe tueraient pas ;
c'est un effai que je propose. L'apathique
tolérance

tolérance eſt une vertu ſi digne de
l'Homme, que je voudrais qu'on l'étendît
à tout; qu'on ſouffrît patiemment, ſans
chagrin, ſans humeur, ſans cet inſup-
portable égoïſme, qui empoiſonne tout,
que Chaqu'un ſoit heureus à ſa manière;
car il eſt certain, qu'en-voulant rendre
heureus les Hommes, d'une manière
contraire à ce qui leur plaît, c'eſt les
rendre ſouverainement malheureus. Ceci
fait un-peu contre moi; non pas dans ce
que tu vois à-préſent, mais dans ce que
tu ne tarderas pas à voir. Je m'explique
donc: c'eſt qu'il eſt des ſotiſes deſtruc-
tives du bonheur, & qui l'empoiſonnent
pour la vie; de celles-là, par-exemple,
il faut en-préſerver ſes Amis, par la per-
ſuaſion, par la violence, par la fourbe,
par tous les moyens poſſibles. Si mon
Ami était aſſés malheureus, pour qu'il lui
falût un meurtre, un viol, un incendie
pour être heureus actuellement, certes
je ne ſouffrirais pas qu'il fût heureus dans

Tome I, II Partie.   Z

cette manière de voir, qui empoisonne-
rait le reste de sa vie, s'il avait l'atrocité
de se satisfaire. Des vœux, des engajemens éternels sont du même genre.
Et pourquoi se lier irrevocablement à une
Femme, par-exemple, avant l'âge qui
qui nous rend habitudinaires ? N'est-ce
pas de gaîté-de-cœur, chercher un repentir ? Il faut laisser ces engajemens
aux Automates, qui, à-la-vérité, composent les trois-quarts du Genre-humain;
ces Gens-là, montés comme une pen-
dule, vont machinalement pendant leur
mariage, content de retrouver chés eux
une Femme qui les reçoive & les héberge:
c'est moins leur Épouse que leur Hôtesse &
leur Nourrice, qui leur donne à manger,
du plaisir & des Enfans. Mais Ceux qui
pensent, & dans qui s'est de-bonne-heure
dévelopée cette énergie, qui distingue
l'Être raisonnable de la Brute, ils doivent
se conserver libres, & ne se vendre à la
Société, pour-ainsi-dire, que lorsqu'elle

les paie ce qu'ils valent. Jufqu'à ce moment, qu'ils vivent pour eux ; ils font les Fleurs du Genre-humain ; plûs ces fleurs font belles, plûs elles ont droit de ne pas être utiles : ou plutôt leur beauté eft leur utilité ; c'eft l'honneur qu'elles font à l'Efpèce-humaine, qui les acquite de leur devoir focial. Auffi ai-je entendu dire à Quelqu'un qui connaiffait *Voltaire*, que ce Grand-homme avait cette idée de lui-même : idée philofo-phique & fublime, peu-dangereufe, par-ce-que très-peu d'Hommes ont droit de l'avoir. Je veux te mettre au-rang de ces Hommes diftingués du Vulgaire : c'eft mon but ; voila ce que je me propofe de faire de toi : Quelqu'un me deman-dera, D'où-vient que j'ai ce but ? D'où-vient je m'attache ainfi à ton bonheur, à ta gloire, pour en-faire dépendre mon bonheur & ma gloire ? Voici ma ré-ponfe. *Je t'aime.* Mais les Ames de boue qui m'interrogent, ne connaiffent

fans-doute pas l'amitié. Eh-bien, j'ai
un fyftème, & je veux le prouver.
Quel eft-il, me dira-t-on ? Que fans
tous les impuiffans étais que d'imbéciles
Moraliftes ont prétendu donner à la vertu,
on peut la pratiquer ; qu'elle peut fub-
fifter avec tous les plaisirs, fi-fort-pro-
hibés par toutes les fectes philofophiques
& religieuses : Je veux montrer, que
moi, audeffus de tous les préjugés, je
fuis, en-dépit d'*Helvétius*, l'oracle nouveau de nos Philofophes, un Ami fûr,
defintéreffé ; que je pratique tous ces
actes avec lefquels les prétendus Vertueus
ont jetés de la pouffière aux ieux du Genre-
humain, d'une manière plus-parfaite
qu'eux. Je t'ai trouvé : Je me fuis dit,
Voila l'Homme qu'il me faut pour être
mon *Omar*. Je n'en-ferai pas un En-
thousiafte, mais il ferait propre à l'être ;
& je veux qu'il ne foit que raisonnable :
je l'*éprendrai* de l'amour de la raison ;
je lui montrerai qu'elle eft feule le guide
à fuivre ; je foulerai aux piéds le préjugé

devant lui, & quand j'aurai tout fait, je
lui dirai : —Jouis, tu as une âme faite pour
jouir ; ma jouiſſance à moi, c'eſt de voir
la tienne—. Et il jouira. Il me falait une
âme ſenſible ; je te l'ai trouvée : Il me
falait cependant un Eſprit tellement enti-
ché des préjugés, qu'ils fuſſent une ſeconde nature : tu avais ces préjugés-là.
Y en-eut-il jamais de plus ridicules que
les tiens au-ſujet des Femmes? & lorſque
pour t'agguerrir, je prêtai les mains au
projet de Parangon, ne m'étais-je pas
reservé un moyen de caſſation ? Il était
excellent, & j'aurais bien-ſu tourner
ton bonhomme de Père, ſi la mort n'était
venue, ou ſi la néceſſité l'avait exigé. Je
te l'ai déja dit, je te le répète ; les
Femmes ſont une monnaie, qui doit
paſſer de main-en-main : ſi la monnaie
ſ'uſe, ſi l'empreinte ſ'efface, tant-pis
pour elle ; nous n'y perdons pas un ſou ;
nous la changeons. Va, mon Ami, ſans
moi, tu étais enterré longtemps avant
d'avoir rendu l'âme ! Z 3

℞. la Baron (1); voila ma recette : à tous tes beaux fentimens pour tes belles Ignorantes, tes refpects pour tes Parangones, &c.ᵃ, je dirai toujours, *Recipe* la Baron ; & en-cas de-pis ℞. GAUDÉT.

A-propos, j'ai trouvé le fecret d'enchanter Alecto-Canon, pour la faire aler avec Urfule & les deux autres Grâces aux *Italiens*, où l'on donnnait l'*Ile-des-Fous*, pièce où il y a du caractère. La femaine d'auparavant, je les avais attirées aux *Français*, perfuadé qu'un fermon du *R.-F. Lachauffée*, intitulé *la-Gouvernante*, apprivoiserait avec le Théâtre Alecto-Canon. C'eft un point important, que ta Sœur voye nos fpectacles ! ils la rendront moins bégueule.

Adieu mon chèr Edmond. J'ai le fcalpel en-main ; je vais tâiller, couper, trancher jufqu'au vif : ma Divinité l'ordonne, & je ne lui defobéis jamais.   Tout à toi.

_____

(1) Au fujet de cette Fille, voyez le PAYSAN, *T.* II, *pp.* 19, 20, 21—25.

XXIV.ᴺᴮ

25 juin.

URSULE,
à FANCHON.

[La voici qui montre de l'ambition.]

IL y aurait tant de nouvelles à t'apprendre, ma Bonne-amie-sœur, que fi je voulais dire tout ce qui regarde les Autres, à-peine trouverais-je la place de mettre un mot de ce qui me concerne en-particulier: J'ai écrit à Edmond, pour lui annoncer le retour de m.ᵐᵉ Parangon: je présume que vous avez vu cette Lettre, & je ne la copierai pas (1): m.ˡˡᵉ Fanchette f'y joint à moi; c'eft une fineffe de ma part; car je me doutais déja de ce qui n'eft plus un myftère: Edmond fongeait férieufement à Edmée. Convenons que ce cher Frère eft encore bonace, aumoins dans fes inclinations amoumoi, tu étais enterré longtemps avant d'avoir rendu l'âme !

(1) Elle fe trouve dans la LXXVIII.ᵐᵉ du PAYSAN, T. II, p. 64.

Z 4

reuses : je me fens, moi , plus ambicieuse,
& plus capable de facrifier mes goûts à la
fortune... peut-être parce-qu'ils ne font
pas encore bien-vifs.

Ma charmante Amie eft partie enfin:
oh! je l'adore Celle-là, fans politique,
tout-comme je t'aime, ma chère Fanchon. Mon Frère m'a écrit fon heureuse
arrivée : cette Lettre-là eft charmante,
& je vais te la mettre ici tout-au-long ;
tu verras par-là mille-choses que je répé-
terais mal (1). . . . .

. . . .

Il faut avouer, que m.^me Parangon eft
paffionnément aimée de mon Frère ; &
je ne faurais leur faire un crime de leur
mutuel attachement ; il eft fi-bien règlé,
dans fon excès même, que l'exemple ne
peut que m'en-être avantageus. Voila

---

(1) C'eft la LXXIXme du PAYSAN, *T. II*,
p. 70 & *fuiv.* (Quoique les renvois foient toujours fatiguans, il faut fe rappeler que le préfent
Ouvrage complette l'autre,

donc tout le monde encore une-fois content! Je le fuis en-mon particulier, au-
delà de toute expreſſion, de l'heureuſe
idée qui eſt venue à Edmond, de procurer
à deux de nos Frères de meilleurs Partis
qu'ils n'auraient pu en-trouver dans le
pays ; car tous n'auraient pas eu le même
bonheur que ton Mari, ma chère Fanchon. Peut-être cependant cette alliance
pourrait-elle porter quelqu'ombrage au
Conſeiller : mais je m'en-inquiette peu,
& je voudrais qu'il en-prît de l'humeur,
je lui ferais voir, que je ne ſuis pas au-
dépourvu. Car, ma très-chère Sœur,
j'éprouve une grande perplexité ! Ce
m.^r le Marquis continue à me ſaire ſa
cour ; & je ne ſaurais m'empêcher de
reconnaître, que pour un Homme de ſa
ſorte, il ſe comporte envers moi, d'une
manière bien-reſpectueuse ! C'eſt de lui
qu'eſt l'offre obligeante dont il eſt queſtion
à la fin de la Lettre de mon Frère, que je
t'envoie. Il ſ'eſt très-bien comporté en-

cette occasion (1). J'étais d'abord toute-honteuse de ce qu'il en-était témoin : mais enfuite, j'en-ai été charmée, il aura vu par-là, qu'il n'eſt pas le ſeul de ſon avis.

Nous avons vu m.ʳ Gaudét : il m'a dit à-la-dérobée beaucoup de choses grâcieuses, & il paraît que c'eſt lui qui ſe fait appeler le Chevalier Gaudét-d'Arras : Il eſt fort-bien ſous ce déguisement, qui ne paraît pas extraordinaire ici, ou l'on ſait qu'il ſ'eſt fait ſéculariser. Il faut en-excepter m.ᵐᵉ Canon, qui a fulminé. Il m'a exhortée à ſonger à la fortune :

,, —Elle ne ſe présente à vous, Mademoiselle, que de la manière qui convient ,, à une Jeune-perſone auſſi vertueuse ,, qu'elle eſt belle ; j'en-ſais quelque-chose, ,, & je m'intéreſſe même pour un de vos

_____

(1) C'eſt l'offre de ſon carroſſe après la ſcène des *Tuileries.* Voyez la *page 78, T. II,* du Paysan.

» Prétendans :   mais de tous les Partis ,
» je n'épouse que le vôtre ;   préférez le
» le Plus-avantageus , sans égard à la re-
» commandation-». Voila ses propres
paroles.   Il est instruit de la recherche
du Conseiller ;   il m'en-a parlé à mots-
couverts ;   & moi ,   je lui ai glissé deux
mots au sujet du Marquis.   Il a rougi de
joie ;   car elle éclatait dans tous ses mou-
vemens.   »—Cela est très - possible ,
» Mademoiselle !... & non-seulement ce
» que vous me dites , que je crois ferme-
» ment ; mais un mariage solemnel ; vous
» êtes assés belle pour cela : soit dit sans
» vous flater (1).   Ceci me rend plus

_____

(1) Il n'est peut-être pas inutile de prévenir
ici, que Gaudét était l'instigateur de l'amour du
Marquis : à-la-vérité, l'inclination de ce Jeune-
seigneur, ne le seconda que trop-bien ! tout ce
qui va donc arriver, sera conduit par Gaudét,
quoique ce mystère ne soit pas dévoilé dans le
PAYSAN. [*L'Éditeur.*

» ferme encore pour un projet que j'ai
» formé ; votre Frère ne contractera pas
» un mariage, dont il aurait à se repentir
» un-jour-». Il paraît qu'il a beaucoup
contribué à diffuader Edmond d'épouser
Edmée, ou que même il aura pris d'autres
moyens, dont vous ferez peut-être plutôt inftruits que moi (1).

De mes Adorateurs, un feul mot :
Je les ai toujours.

Nous avons encore été au fpectacle ;
mais c'eft aux *Italiens*, à une pièce qui
a fait rire m.^{me} Canon. Une autre, qui
a fuivi, où *Arlequin* eft *fauvage*, l'a
fait-pleurer. C'eft toujours Laure qui
nous mène. Elle plaît ici : mais il n'y a
que m.^{me} Parangon & moi qui la connaif-
fions.

Adieu, chère Amie-Sœur.

(1) Voyez à ce fujet, *pp.* 81 & 82, *T. II*,
du PAYSAN, dans la LXXXme Lettre.

X X V.ᴹᴱ

20 auguſte.

F A N C H O N,
à U R S U L E.

[Ma pauvre Femme la loue, de ce qu'il ne falait
pas la louer ; & lui fait les récits très-bien
détaillés de ce qui ſe paſſe à la maison paternelle.]

Votre dernière Lettre, très-chère
Sœur, m'a fait un plaisir d'autant plus
grand, que j'y ai vu, que vous êtes plus-
ſolide dans vos goûts que notre Frère
Edmond lui-même ; la Ville ne vous a pas
rendue *bagatellière*, comme tant d'Autres, même d'ici, que j'ai vues à leur
arrivée faire les légères, & ne vouloir
parler que de bagatelles :   C'eſt ce qui
me donne de vous une haute eſpérance,
chère Urſule ; comptant que vous-vous
tirerez à votre avantage, & au grand
plaisir de nos chèrs Parens, de toutes les
paſſes où vous-vous trouvez à-ç't'heure :
Par-ainſi, je n'ai plus à votre ſujet auqu'une inquiétude, vous recommandant

au-furplûs chaque jour au Seigneur dans
mes prières, & le fuppliant de vous con-
duire, comme fa bonté l'a déja fait jufqu'à
ce jour. Quant à ce qui eft d'ici, je
n'ai que des nouvelles heureuses à vous
annoncer. Et je vais mettre les choses
par ordre, en-commençant par le commencement, à celle-fin que vous en-
voyiez mieux la fuite.

D'abord, dès qu'Edmond eut marqué
qu'il avait changé d'idée, au-fujet de m.^lle
Edmée, on en fut chés nous très-aise ;
attendu qu'on y aime bien m.^lle Fanchette,
& qu'on aurait bien-regretté que cette
alliance manquât, à-cause de tous fes avantages, tant pour Edmond, que pour vous,
chère Sœur : on disait, qu'il vous ferait
bien-plus-agréable d'avoir obligation à la
Sœur de la Femme de votre Frère, qu'à
une Étrangère : Cependant on aimait
bien auffi m.^lle Edmée, à-cause du portrait
qu'Edmond en-avait fait. Mais il marqua
dans la Lettre qu'il écrivit à fon Frère,

qu'il la voulait céder, cette gentille
Edmée, à Un-autre lui-même, qui était
Bertrand; & que Georget aurait aussi
un bon Parti dans la Sœur d'Edmée, &
que ça ferait une jolie union de Famille:
ce qui fit que notre bonne Mère pleura de
joie, en-disant: —Je vous l'avais toujours
bien dit, mes Enfans, qu'en-envoyant
Edmond à la Ville, c'était votre avantage à tous; & bénissez-le; car c'est un
bon Frère, qui vous aime comme lui-
même-. Et notre bon Père était tout-
attendri, tenant la Lettre, & s'arrêtant
avec complaisance, quand notre Mère
parlait, lui qui n'en-fait pas toujours
autant. Et-puis quand Edmond marquait
comme il comptait de s'y prendre, notre
Père a dit à son Aîné: —Mon Ami,
ton Frère a de l'esprit, & je vois qu'il
commence à bien-connaître le monde (1),

(1) Voyez dans la LXXVIme Lettre du PAY-
SAN, à la fin, *T. II, p. 59.*

& je fuis bien-content de fes fentimens &
de fon cœur , & fur-tout de ce qu'il
marque qu'il ne veut plus revoir cette
Jolie-fille qu'avec fon Frère Bertrand-.
Nos deux Frères reçurent enfuite les avis
de notre Père , fur la manière dont ils
devaient fe comporter , & il leur enjoi-
gnit fur-tout de fe conformer en-tout à
ce que leur dirait Edmond :   —Car il eft
votre Aîné à vous-deux-. Ils alèrent
donc à Au** les fêtes de la Pentecôte, &
ils furent très-bien reçus d'Edmond, dans
fon logement , qui eft celui de m.^me *Pa-
leftine.* Et après qu'ils fe furent un-peu
reposés , & qu'Edmond les eut fait bien-
friser , fur-tout Bertrand, tout-comme
lui , pour lui donner encore plûs de fon
air , il leur fit à-Chaqu'un préfent d'un
habit , qu'il leur avait tenus prêt , pour
les mener à l'églife *Saintgermain,* à
l'heure qu'il favait qu'Edmée & fa Sœur
devaient f'en-revenir de la grand'meffe de
Saintloup, leur paroiffe. Et voila ,
                              qu'aubout

qu'aubout d'une demi-heure, Catherine
a paru, alant un-peu devant fa Sœur.
—Bertrand? a dit Edmond, fi c'était-là
Edmée-? Bertrand l'a regardée, & n'a
rien répondu. —Comment la trouves-tu ?
—Mais affés jolie. —Mon Frère, a dit
Georget, Catherine eft-elle comme-ça ?
—Oui, précisément. —Oh-tant-mieux !
—Car c'eft elle a redit Edmond-. Et
Bertrand a paru bien-aife. Voila qu'un-
moment après, Edmée a paffé. —Que
dis-tu de cette Jeune-fille-là, Bertrand?
—Ah-feigneur ! qu'elle eft gente ? Oh!
pour celle-là, je voudrais qu'elle fût Edmée ! —C'eft auffi elle, a dit Edmond.
—Ah! mon Frère-!... Et il l'a embraffé.
—Alons chés elles, a repris Edmond :
car Catherine eft prévenue, & pendant
que je parlerai au Père, vous ferez con-
naiffance avec les Filles-. Et ils y font
alés, fuivant les deux Sœurs d'un-peu-
loin : mais Catherine, qui avait le mot,
f'eft retournée, & les a vus. Elle a fait

Tome I, II Partie.   A a

un petit figne à Edmond, qui s'eft caché
derrière Georget, & Catherine a dit à
fa Sœur, lui montrant Bertrand : —Voila
un petit Jeune-homme qui vient de notre
côté, qui te regarde bien. Il reffemble
à m.ʳ Edmond; fi ç'alait être fon Frère-?
Et Edmée s'eft retournée avec une petite
mine très-agréable, pour regarder Bertrand, qui était déjà tout-auprès d'elle,
& qui n'a pu fe tenir de la faluer. Elle
l'a falué auffi, avec une jolie rougeur ;
& Catherine lui a parlé, lui difant,
—Je crois voir là-bas m.ʳ Edmond; ne
feriez-vous pas m.ʳ fon Frère ? —Il eft
bien-vrai, Mademoiselle, a répondu
Bertrand, & que le voici qui vient avec
mon Frère Georget-. Et auffitôt Edmond s'eft avancé le premier, difant à
Catherine : —Votre Père eft-il de-retour, Mademoiselle Catherine : —Non,
pas encore. —Nous alons donc tous-
entrer, fi vous le voulez permettre, &
nous causerons en-l'attendant-. Et ils

font entrés tous-les-trois. Georget s'est
assis vers Catherine, qui s'est mise à rire,
& qui s'est-aussitôt levée, pour aler à la
cave, pendant qu'Edmée fesait les politesses
à nos Frères. —Voici une de mes plus
heureuses journées, si ma démarche vous
est agréable, Mademoiselle, lui a dit
Edmond. —Vous pouvez en-être sûr,
Monsieur : l'honneur que m.ʳ votre Frère
fait à ma Sœur me touche autant que s'il
était fait à moi-même : Je crois que voila
m.ʳ Georget ? (le montrant.) —Oui,
Mademoiselle, a-t-il répondu. —Ainsi,
voila m.ʳ Bertrand ? —C'est moi-même,
Mademoiselle, à vous servir. —Je vous
ai reconnu presque tout-de-suite, à votre
grande ressemblance avec m.ʳ votre frère
Edmond. —C'est la chose la plus-heu-
reuse pour moi que cette ressemblance,
Mademoiselle-. Catherine est remontée
& a servi le vin. Le Père est entré,
avant que nos Frères y eussent goûté :
Edmond a été à sa rencontre, & il lui a

présenté fes Frères, les nommant par leur
nom Chaqu'un. Enfuite, il a pris en-
particulier le Vieillard, pour lui proposer
Georget, qui a été accepté. Il n'a touché un mot de Bertrand qu'en-paffant, &
par manière d'éloge qu'il a fait de lui.
On a dîné là, & après le dîner, le Père
a mené les trois Frères & fes deux Filles
à une promenade, la plus-agréable pour
Georget; c'eft à une de fes vignes, qui
eft fi belle, que jamais nos Frères
n'en-avaient vu de pareille, par fon arrangement, fa cultivation, & la récolte
qu'elle annonçait. En-chemin, Catherine & Georget alaient enfemble, Celle-
là expliquant tout à Celui-ci : c'était-là
leurs douceurs. Edmond, lui, comme
ayant affaire à parler au Père, était avec
lui; & il falait bien que Bertrand fût
avec Edmée. Il y trouvait bien du contentement, & le chemin lui paraiffait
court, quoique pourtant ils ne parlaient
que de la pluie & du beau-temps; mais ça

les familiarisait toujours un-peu enfemble·
Catherine avait feule le fecret d'Edmond :
quand on a été de-retour à la maison , &
que les trois Frères ont été enretournés
chés Edmond , elle n'a fait que dire du
bien de Bertrand , le louant audelà de
tout. Edmée disait comme elle ; & à-
la-fin , un-pen étonnée , elle lui a dit :
—Mais ma Sœur , eft-ce que tu aimerais
mieux à-préfent m.^r Bertrand que fon
Frère ? —Ça n'eft pas ça , ma Bonne-
amie ! mais c'eft que je veux te faire entendre , que pour nous-autres , ces deux
Frères-là valent-mieux que Celui d'ici :
voila tout : Edmond eft trop monfieur,
& j'aimerais mieux , dix-fois , fi j'étais à
ta place , m.^r Bertrand que m.^r Edmond.
Voi comme il eft doux & modefte ! Dame !
c'eft qu' Ça n'a pas de faquinerie ! —Je
ne crois pas que fon Frère d'ici en-ait !
—Je n' dis pas... tout-à-fait ça : mais
pourtant j'crais qu'il en-a un tant-fait-
peu ! mais ça n'eft pas faute ; car , dans

ç' pays-ci, on d'vient comme les Autres, en-les fréquentant-.

Le lendemain, les trois Frères retournèrent chés le Père-Servigné, & on paſſa encore la journée enſemble ; ſi-bien qu'on ala voir une autre vigne ſuperbe, &-puis de-là goûter dans un jardin du faubourg à-l'ombre ſous les arbres du Père-Servigné. Georget était bien-content de tout-ça, outre que Catherine lui revenait tout-à-fait ; & il aurait bien-voulu que Bertrand eût été accepté comme lui : mais Edmond les retenait, Catherine & lui, quand ils lui diſaient qu'ils falait parler. Voila comme ça ſe paſſa, à cette première viſite : car la troiſième fête au-matin, nos Frères partirent pour ſ'en-revenir icî.

A leur arrivée, notre Père & notre Mère, ainſi que nous-tous, qui les attendions avec impatience, nous avons été bien-joyeus de les voir. Et Georget nous a dit en-entrant : —Bonne nou-

velle ! & nous venons de voir un digne
Homme ; un Homme tout-comme notre
bon Père :   & je ne faurais trop dire de
bien de lui , & de ſes Filles , toutes-deux
ſans exception, ainſi que de notre Frère ,
qui nous a fait plûs comme à ſes Enfans ,
que comme à des Frères-.   Là-deſſus
notre Père ſ'eſt levé, & a dit :   —Beni
ſoit Edmond , & que ſa bonté envers ſes
Frères le recouvre un-jour, ſ'il fait
quelque faute ! je vous en-prie , mon
Dieu-!   Et notre bonne Mère a dit :
—Écoutez bien, mes Enfans, la bénédiction de votre Père-!   Après ça, Bertrand a parlé, comme étant le cadet.   Et
il a conté , comme Edmond les avait en-
doctrinés ſur ce qu'ils devaient fàire , leur
conſeillant les plus-petites choses, comme
les plus-grandes.   Et quand il a été queſtion d'Edmée, il a dit à notre bonne Mère,
qu'il ne pouvait bien en-faire la louange ,
qu'en-disant, qu'elle était la plus-aimable
& revenante Fille qu'il eût vû en-ſa vie ;

ayant de la façon de fa Sœur Urfule, &
de m.ᵐᵉ Parangon elle-même, fans pourtant leur reffembler : Et qu'il ne pouvait
penfer comment avait pu faire fon Frère,
pour fe délibérer d'un pareil amour en-fa
faveur, vu que lui en-cas pareil ne le pourrait. Georget, lui, a parlé des héritages
du Père-Servigné, & comme il paraiffait
riche & à fon aife, béniffant Edmond,
qui fongeait ainfi à fes Frères, & les
procurait où ce qu'il falait qu'ils fuffent
procurés, puifque des Demoifelles ne
leur auraient pas convenu, & que
pourtant ces deux Filles-là étaient auffi
riches & auffi grâcieufes & fpirituelles
que des Demoifelles.

Quinze jours par-après, nos deux
Frères font encore alés voir leurs Mai-
treffes. Mais à leur arrivée, il y avait bien
du rabatjoie pour le pauvre Bertrand !
Un riche Monfieur avait demandé Edmée ;
& le Père, qui voyait l'avantage de fa
Fille, & qui ne favait rien-de-rien au-
fujet

sujet de Bertrand, l'alait peut-être donner: mais Catherine l'en-a empêché, à
force de le prier: Edmée elle-même,
qui comptait sur Edmond, se desolait,
& fesait parler sa Sœur, n'osant rien
dire, que refuser avec timidité. Là-
dessus Edmond, à qui nos Frères sont
venus le dire, a été trouver le Père, &
a parlé-net pour Bertrand: Ce bon &
chèr Homme a vu plûs d'agrément pour
ses Filles a épouser les deux Frères, & ce
motif seul l'a déterminé au refus du Monsieur. Mais dès que le Père a eu le secret
de l'échange qu'Edmond voulait faire, il
l'a bien-vîte dit à sa Fille-cadette, qui n'y
comprenait rien: il a bien falu qu'Edmond
lui expliquât tout – cela; & il l'a fait.
Mais quelle peine! avec quelle adresse il
a tourné ça! Oh! il a bien de l'esprit (1)!
d'après ce que nous ont conté nos Frères.

_____

(1) *Voyez* ces détails dans la LXXXme Lettre
du PAYSAN., *T. II*, *p.* 84 & *suiv.*

Mais, il a pourtant tout arrangé le mieux du monde , & la pauvre Edmée, autant par la crainte de sa Sœur, que pour complaire à son Père, & parce-que Bertrand ressemble à Edmond qu'elle ne peut plus avoir, a consenti à-demi.

Mais il faut te dire à-présent, que ce beau Cavalier, qui la demandait, était m.ʳ Gaudét; & comme il ne pouvait l'épouser, il est en-être, qu'il ne voulait que l'ôter à Edmond, à-celle-fin de lui faire-faire un mariage plus-sortable au train-de-vie qu'il faut qu'il mène dans le monde. Edmond a su tout-ça de son Ami lui-même, & il nous l'a écrit par une Lettre (1) qui vaut quasi un sermon, & où il y a tant de choses que je ne sais pas, que je ne me trouve pas partie capable d'en-juger.

Au troisième voyage de nos deux Frères, tout a été décidé : c'est m.ᵐᵉ

---

(1) La LXXXI.ᵐᵉ du PAYSAN, *T. II*, *p.* 88.

Parangon (à qui il faut apparemment que
nous devions toujours), qui a parachevé de
faire confentir Edmée à recevoir Bertrand
comme fon Futur.   Nos Frères, à leur
retour ici, nous ont appris cette heureuse
nouvelle, & que le jour était pris.   On a
donc publié les bans, & le temps arrivé,
nous avons tout préparé, afin de partir pour
Au * *, ne devant laiffer à la maison que
Celui qui eft le plûs en-état d'y remplacer
tout le monde.   La veille au foir, notre
Père nous a lu dans la fainte Bible, l'hiftoire du mariage d'Isaac avec Rebecca,
& de celui de Tobie ave Sarah, fille de
Ragüel, afin de donner à nos deux Frères
une inftruction indirecte.   Enfuite il f'eft
levé, & nous voyant tous autour de lui,
en-ce moment de joie, il nous a dit :
—Mes chèrs Enfans, voici, je crois,
d'heureus mariages, que la bonté de Dieu
nous prépare : Priez-tous Dieu en-cet
inftant pour Celui qui nous les a procurés ;
car ce pauvre & chèr Enfant eft embarqué

fur une mèr tempêteuse, & battue de l'o-
rage & des vents-. Et il f'eft mis à-genous
le premier, & il a prononcé la prière :
» Mondieu, qui m'avez fait père de ces
» Enfans, faites auffi, je vous fupplie, que
» tous & un-chaqu'un d'eux fe portent au
» bien envers vous & envers le Prochain :
» mais, principalement, Dieu d'Abraham,
» d'Isaac & de Jacob, jetez un œil de
» clémence & de miféricorde fur le pauvre
» Edmond, que vous m'avez donné dans
» votre faveur & bonté, pour double-
» ment porter mon nom, comme mon
» Fils-aîné porte doublement celui de
» mon digne Père, & daignez ratifier les
» vœux que forment, la face profternée,
» votre Serviteur, & toute fa Famille, qui
» vous honore & vous connaît comme
» fon vrai Dieu, pour Edmond R**,
» exposé à la Ville aux dangers de la
» féduction du monde; & pour Urfule
» R**, fille de votre Serviteur & de
» votre fervante Barbe, mon épouse,

» qui eſt remplie de votre ſainte crainte ,
» & qui vous a ſervi tous les jours de ſa vie
» en-humilité , rempliſſant tous ſes devoirs
» de Femme & de Mère , afin que cette
» chère Enfant ſoit préſervée des embû-
» ches du monde & des Méchans : Dai-
» gnez, Seigneur, pareillement exaucer les
» vœux ſincères, que font en-union avec
» moi, mon Fils-aîné Pierre R**, porte-
» nom de mon digne Père (le placiez-
» vous dans votre ſein !) George R**,
» (dont veuillez benir le mariage !)
» Bertrand R**, naïf & ſimple comme
» le jeune Tobie (dont veuillez benir
» auſſi le mariage !) Auguſtin-Nicolas
» R**, adoleſcent, & Charles R**,
» encore dans l'innocence : Ainſi que
» mes Filles, Brigitte R**, Marthe
» R**, Marianne R**, Chriſtine R**,
» Claudine R**, Eliſabeth R** &
» Catherine R** ; tous vos humbles
» ſerviteurs & ſervantes, qui vous prions
» pour notre Fils & notre Fille, notre

» Frère & notre Sœur, qui sont à la
» Ville; afin que vous les préserviez de
» pécher, & les mainteniez dans votre
» sainte crainte, & en-tout bien & vertu
» envers les Hommes, jusqu'au dernier
» moment de leur vie. *Amen-*». Et s'é-
tant levé, il a fait avancer nos deux Frères
destinés au mariage, comme il avait fait
à mon Mari, la veille du nôtre, devant
le portrait de Pierre R * * son Père : &
là, il leur a dit : »—Mes Fils, prêts à
» entrer dans le saint état de mariage,
» rendons nos respects & devoirs à mon
» digne Père, & ayons d'abord sa béné-
» diction...... Puis, je vous donne la
» mienne : Je les bénis, Mondieu, de
» ma bénédiction paternelle; que votre
» divine Clémence & Majesté la ratifie,
» comme elle le fait toujours à l'égard
» des bons Pères & des bons Enfans !
» *Amen-*». Et tous nous répétions
Amen ; aucun de nous né manquant de
s'unir de cœur & d'affection à tout ce que

fesait ce bon & respectable Père-de-famille.

Le lendemain nous sommes partis pour pour Au**; & ç'a été une des plus agréables noces qu'on puisse voir, à commencer de l'instant de l'arrivée de nos Père & Mère, jusqu'au départ. Toutes les louanges qu'on me fesait d'Edmée & de Catherine ne me donnaient pas d'idée de ce que j'ai vû, en-l'Une de franchise aimable, en-l'Autre de bonté, beauté, décence, douceur, & de tout ce qui est vertu de Femme, sans en-omettre la moindre. Pour vous donner une idée, très-chère Sœur, de ce mariage, & de tout ce qui s'est passé, tracé par une plume meilleure que la mienne, je vais vous transcrire ici la Lettre qu'Edmond a écrite à mon Mari pendant les noces; car ce Garson-là n'oublie rien, & s'il a quelques défauts, il faut dire qu'il les rachète par bien des qualités!

[Nous ne rapportons pas cette Lettre, qui est la LXXXIII.me du PAYSAN, T. II, p. 115 & suiv.

Voila un récit bien-agréablement cir-
conftancié! mais il faut y ajouter quelque-chose, que m'a dit Edmée, & que
notre Frère ne peut ni ne doit favoir.
C'eft qu'Edmée, en-fe donnant à Bertrand, a exigé de lui la promeffe, qu'il
confentirait à n'être tout-à-fait fon Mari,
que quand elle n'aurait plus de raisons à
lui opposer. Et ces raisons (admire un-
peu la délicateffe de cette aimable Sœur!)
c'eft qu'elle aime encore Edmond, &
qu'elle veut tout-à-fait l'arracher de fon
cœur, avant d'être à fon Mari comme
femme; en-attendant, elle n'y eft que
comme bonne-amie. Je n'approuve pas
abfolument ça, & je lui en-ai dit mon
fentiment, qui lui a fait impreffion, &
elle m'a fait-dire par fa Sœur, qu'elle y
penferait. Ce qui m'a portée à être fi
rigoureufe en-fon endroit, c'eft une
feconde Lettre d'Edmond que nous venons
de recevoir, & que je ne vous envoie
pas, ma chère Sœur *.

25 augufte.

Je continue ma relation, pour vous
dire, que nos deux Bellefœurs viennent
d'arriver ici, avec leurs Maris, &
qu'elles font l'admiration de tout le Village : car Edmée eft fi jolie, qu'elle
embellit fa Sœur : & Celle-ci eft fi entendue pour le ménage, qu'elle en-a
donné des leçons à notre pauvre Brigitte,
qui en-eft toute-étonnée. A Au**,
c'eft la Sœur *Georget* (nous l'appelons
comme-ça, & Edmée la Sœur *Bertrand*)
c'eft la Sœur Georget qui eft la Mère ;
car les deux ménages n'en-font qu'un
avec le Père, qui eft toujours chèf &
maître : notre digne Père a donne là-
deffus fes ordres à fes deux Fils, avant de
partir, d'un air & d'un ton qui le font
toujours obéir. Cela n'était pas difficile
à l'égard de Bertrand, mais Georget eft
un-peu têtu ; auffi eft-ce à lui que notre
Père & maître a principalement fignifié
fa volonté. En-recompenfe, il eft

comme maître de fon Frère, & Catherine eft comme maitreffe d'Edmée ; & les
deux douces Brebiettes, Bertrand &
Edmée, ne demandent pas mieux que
d'obéir, ils ne requèrent que la douceur
dans le commandement. Ainfi tout va
bien. Notre bonne Mère ne peut fe
laffer de careffer fon Edmée ; & tout-à-
l'heure, la bonne & excellente Femme
nous a appelées Catherine & moi : —Mes
chères Brus, nous a-t-elle dit, pardon-
nez-moi fi je careffe tant votre Sœur ;
mais c'eft qu'elle eft fi mignardone, qu'on
ne f'en-faurait empêcher.... Et-puis ...
c'eft ... qu'elle me vient d'Edmond, qui
l'a tant aimée !... Et la chère Femme ne
fe pouvait tenir ; car dès qu'elle dit le
nom de fon pauvre Edmond & de fa
pauvre Urfule, elle les cherche d'abord
des ieux, tout-autour d'elle, & comme
elle ne les trouve pas, on voit les larmes
rouler dans fes ieux ; & tout ce qu'il y a à
faire, c'eft d'en-dire tant de bien, tant

de bien, qu'on les porte aux nues ; & elle se rasseoit tout doucement en-écoutant ça, finissant par dire, toute-joyeuse : —N'est-ce-pas que ça fait de beaux & bons Enfans-? On dit oui. Et elle se met à conter tout ce que vous avez fait de bien dans votre jeunesse ; ensuite quelqu'uns de vos petits tours, qui la font sourire ; & nous avons soin de rompre la conversation, quand elle en-est là : car ça finirait par vous pleurer : Ça fait une Femme si sensible, que depuis votre absence, elle a besoin de toute sorte de ménagement. Ainsi sa Bru Edmée nous fait bien du plaisir à tous, tant à-cause de son propre mérite, qu'à-cause de cette bonne Mère ; & nous la caressons tous comme elle ; si-bien qu'Edmée ne sait où se fourrer ; elle va, pour se délivrer de nous, auprès de son Mari : c'est pis : elle va auprès de notre Père : oh-dame-là, Persone n'est si osé que de l'approcher. Et on voit que le Vieillard la regarde avec

complaisance, ne l'appelant que la Fille
de *mon Ami*; & lui disant par-fois,
qu'elle est le don le plus-beau que lui ait
fait son Fils Edmond. —Et nous, mon
Père, a dit Catherine en-riant, & me
montrant? —Vous, mes chères Filles!
ah! vous êtes ce dont je remercie le Ciel;
car l'Une & l'Autre avez le mérite que j'ai
toujours desiré dans Celles qui feraient
mes Brus: mais il ne m'irait pas de vous
louer: ma Bru Fanchon (que Dieu la
conserve!) m'a donné tout ce qu'on peut
donner à un Beaupère, le bonheur de
mon Fils, & mon Porte-nom, dans mon
Petitfils; que Dieu la bénisse! mais ma
bouche se refuse à louer son mérite, à-
cause de sa pudeur & modestie. Quant
à vous, ma chère Catherine, vous êtes
aussi la Fille de *mon Ami*; & la bonté, la
joie, qui siégent sur vos lèvres & dans
les traces de votre rire, indiquent le bon
& innocent cœur dont elles sortent: mais
je loue Edmée, non qu'elle soit moins

modeſte que ſon Aînée Fanchon & ſon
Aînée Catherine, mais elle eſt à mes
ieux comme les jolis Enfans, qu'on flate,
qu'on careſſe, & qu'on loue ſans y penſer,
& par la ſorce du vrai. —O mon Père,
a dit Catherine, j'ai badiné (& pardon
de ce que je l'ai oſé avec vous !) car je
connais votre cœur ; il eſt ſur vos lèvres,
& votre amitié pour Edmée eſt tout-
comme celle de notre bonne Mère, c'eſt
qu'elle vous vient de votre Edmond ; &
je vous le pardonne ; car Ça fait un Fripon
qui gâgne tout le monde, & moi la première : & ſ'il ne vaut rien, je vous en-
avertis ! Ah ! qu'il en-ſait-long-! (Et
notre bon Père a comme ri). —Pour ce
qui eſt de cette Sœur Urſule, dont j'entens parler ici ſi ſouvent : *Elle eſt auſſi
jolie que ma Sœur Urſule* ; car voila
comme on loue Edmée, n'eſt-ce pas auſſi
une Fine-mouche, qui aura fait la capone
auprès de ſa bonne Mère, pour ſ'emparer
de tout ſon cœur ? Mais vous êtes juſtes

tous-deux, & vous nous le partagez également à tous : car je suis sûre, qu'Edmée
ni Urfule ne vous sont pas plus chères
que moi, qui suis un-peu *ébruiteuse*,
mais qui porte le cœur sur la main-. Ce
babil a beaucoup plu à notre Père, à qui
tout ce qui vient des deux Sœurs paraît
bon & excellent ; il était tout ému de
joie & de plaisir, de s'entendre parler
avec cette liberté. Ainsi tu vois, ma
chère Bonne-amie-sœur, que nous ne
manquons pas d'agrément, depuis que
nous avons ici ces deux aimables Femmes.

Je te dirai que mon Fils vient à-merveilles. Edmond nous vient d'envoyer
deux Enfans, qu'il me charge d'élever
ensemble. J'aime son attention. Voici
ce qu'il m'a écrit à leur sujet : . . . . .
. . . .

L'Un est un dépôt qu'une Mourante
m'a confié, s'en-rapportant à mon
honneur & à mon humanité ; j'ai son
bien : l'Autre est la Fille d'une Parente

à quî j'ai ôté l'honnneur; je lui dois
plûs que ſi elle était ma Fille légitime:
Élevez, chère Sœur, ces deux Enfans,
juſqu'à ce que je puiſſe m'en-charger:
je me propose de les unir un-jour; c'eſt
ma plus chère eſpérance, & le ſeul
ſujet de conſolation que j'aie, lorſque
je penſe à eux. L'honneur & la
nature me font une loi de les aimer,
& jamais, je l'eſpère, je ne manquerai
à l'honneur ni à la nature.

Il ne m'écrit que cela; & le Billet n'a
ni adreſſe ni ſignature.

J'ai été bien-étonnée que vous ayiez
été à la Comédie, & que m.me Canon
elle - même vous y ait ménées! Je
n'en-ai parlé à Perſone d'ici; ça aurait
fait dire certaines choses que je n'aime pas
à entendre. Mais prenez-garde, chère
Sœur, au Monde & à ſes pompes, à
quoi vous avez renoncé au batême! Et
pardon de ce que je vous dis ça,

XXVI.ᴹᴱ

31 augufte.

U R S U L E,
à F A N C H O N.

[Elle parle imprudemment au Marquis, qui lui annonce ce qu'il veut faire pour l'avoir à lui.]

LES heureuses nouvelles, que tu me donnes, chère Sœur, m'ont causé la joie la plus-vive: j'ai fenti combien je vous aimais, par l'intérêt que j'ai pris à tout ce qui vous regarde. Je fuis au comble de la joie, qu'Edmée foit ma bellefœur, & (je te le dis tout-bas), que ce n'ait pas été en-devenant femme d'Edmond: je lui en-aurais un-peu voulu avec cette qualité, aulieu qu'à-présent, je n'ai rien qui m'empêche de me livrer à mes tendres fentimens pour elle & pour fa Sœur, que je te remercie de m'avoir fait connaître, par fes peintures naïves. Avec cette Lettre, je t'en-envoie deux autres pour les deux Sœurs: je n'ai pu les leur adreffer,

n'étant

n'étant pas suffisamment instruite de la
manière de mettre l'adresse.

Je t'avouerai, ma chère Bonne-amie-
sœur, que je commence à concevoir de
grandes espérances pour mon Frère Edmond, ou pour moi-même : Le Marquis trouve souvent le moyen de me
parler : avec de l'argent on fait tout, en-
ce pays-ci. Hièr, il m'a juré que si je
consentais au mariage secret, qu'il m'avait
proposé, il ferait quitter la peinture à
mon Frère, & lui donnerait d'abord une
lieutenance dans son Régiment, & de-là,
le ferait monter rapidement au grade de
Capitaine. Cette promesse m'a flatée :
qu'il serait charmant en-uniforme ! *Le
Marquis voyant que je ne me déridais pas,
il m'a dit-en-riant : —Voulez-vous donc
me réduire à faire de vous une Héroïne de
Roman ? à vous faire enlever–? J'ai répondu en-riant aussi, Que c'était un rôle
auquel je ne me sentais point appelée. Tu
vois que je lui parle. En vérité je n'aurais

*Sujet
de la
X.^e
Estampe,

Tome I, II.Partie. C c

pas eu cette complaisance pour un Homme, dût-il me faire ducheſſe : Mais, quand on a parlé d'illuſtrer le nom de mon Père & de ma Famille, dans un Frère que j'aime ſi tendrement, j'ai prêté l'oreille, & j'emploie de petites fineſſes pour me dérober à mes deux Surveillantes ; car je me cache autant de Fanchette que de m.ᵐᵉ Canon, par des motifs qui ne ſont pas les mêmes, comme tu penſes. Ce n'eſt pas que je ne puſſe engajer Fanchette au ſecret ; elle m'aime aſſés pour cela ; mais je m'en-fais ſcrupule. Si elle eſt femme de mon Frère un-jour, je veux qu'il la reçoive pure, comme elle eſt ſortie du ſein de ſa Mère (1), autant pour le corps que pour la penſée. C'eſt en-alant ſeule à l'égliſe, & aux dévotions de ce pays-ci, (& non pas quand je vais aux ſpectacles) que je trouve moyen de parler au Mar-quis ; mais ce n'eſt jamais que deux mots,

_____

(1) Infortunée ! que ne te conſerves-tu donc pure toi-même !

en-paffant; je parais en-crainte, lors
même que je n'y fuis pas. Adieu, ma
chère Bonne-amie-fœur : tu cacheteras
les deux Lettres.

LETTRE d'URSULE, à CATHERINE.

*Celle-ci, ma très-chère Sœur, eft
pour vous témoigner la joie que j'ai
reffentie, en-apprenant le bonheur de
mon Frère Georget, & qu'une auffi mé-
ritante Perfone que vous l'étes, était
entrée dans notre Famille : Permettez-
moi de m'en-féliciter, & de me recommander à votre tendre affection de Sœur,
dont je defire ardemment que vous m'ho-
noriez. Je fuis, avec le plus fincère
attachement, ma très-chère Sœur,*

Votre, &c.ª

De la Même, à EDMÉE.

*C'eft avec le plus vif empreffement,
très-chère Sœur, que je faisis le premier
moment où je fuis inftruite de votre mariage avec mon Frère Bertrand, pour*

C c 2

vous exprimer combïen j'en-fuis glo-
rieuse & fatiffaite. Je ne vous ai qu'entrevue une-fois à Au** : mais c'en-
eft affés, pour que je fache que vous
êtes au-deffus de tous-les-éloges que me
fait de vous la très-chère Sœur, époufe
de notre Aîné : fi vous entrez dans
une Famille où le fang eft affés beau,
vous y apportez une dot dans le même
genre, qui eft bien précieufe ; & l'on
peut dire, que de toutes façons, c'eft
vous qui êtes la plus-riche : car je fais
que vous y joignez celle des vertus, ainfi
que votre chère Sœur & la mienne, dont
on m'a fait un portrait fi avantageus,
que je brûle d'envie de vous voir l'Une
& l'Autre. Le récit des attentions
de notre bonne Mère, & la peinture
de l'amitié qu'elle a pour vous, en-me
perfuadant de plûs-en-plûs de votre
mérite, m'infpirent à votre égard le plus-
fort attachement poffible, & même de
la reconnaiffance ; car je crois en-de-

voir infiniment à Quiconque, comme
vous, très-chère Sœur, procure une
fatisfaction complette aux chèrs Auteurs de mes jours. Puiffé-je de mon
côté leur en-donner, & à vous-tous
qui composez ma Famille, une affés
vive & affés pure, pour augmenter le
bonheur dont vous jouiffez. C'eft le
vœu le plus ardent de Celle, qui fe dit
avec les plus tendres fentimens, très-
chère Sœur,

  Votre affectionnée Sœur & amie.
P.-S. Mon aimable Compagne, m.lle
 Fanchette, à qui j'ai parlé de vous,
 comme je le devais, fe joint à moi,
 pour vous faire mille amitiés : elle
 efpère que nous-nous verrons tous
 quelque-jour réünis-fous les ieux de
 notre digne Père & de notre bonne
 Mère, pour goûter le plaisir de nous
 voir, de nous aimer, & de nous le
 dire : *Ce font les termes dont elle fe*
 fert. Et en vérité, il ne vous faudra

pour la chérir (je pourais dire l'a-
dorer), que la voir un instant ; elle
est, ainsi que vous, toute beauté,
toute-grâces, & toute bonté. J'en-
suis idolâtre ; & il faut que je l'aime
autant que je le fais, pour vivre sans
ennui dans l'éloignement de Tous-
ceux à qui je tiens par le sang & par
l'amitié (1). Elle va signer avec
moi.

FANCHETTE C**.

(1) La voila qu'elle ment, & flate ! Comme
le vice entre peu-à-peu dans les cœurs à la Ville !
car Ursule était bonne & franche, ainsi qu'Edmond; ils étaient sortis bons tous-deux des mains
de Dieu & de nos Parens !

X X V I I.^{me}   16 septembre.
G A U D Ê T,
à E D M O N D.

[Il parle avec l'affurance d'un Homme qui brave toute morale, & il profane la fainte amitié.]

Mon très-chèr Ami : Aux injures, que doit répondre l'amitié (1) ? Ou des raisons, ou des tendreffes. Tu ne me connais pas, mon chèr Ami ! va, tes malédictions font des bénédictions pour moi, j'en-vois la fource ; elle eft dans l'énergie de ton âme, & de vains mots ne m'ôteront pas le plaifir que me fait ta glorieufe action. Tu as triomphé de la Belle : c'eft tout ce que je defirais : que m'importe la manière ? que m'importent & tes remords & fon defefpoir ? Si tu n'avais pas des remords, avec tes principes, tu ferais un fcélérat : Si elle n'était pas au defef-

(1) Ceci eft la réponfe à la xc,^{me} du PAYSAN, T. II, p. 13.

poir, avec les fiens, elle ferait une ⸱⸱⸱⸱⸱⸱.
Vous êtes tous-deux ce que vous devez
être : votre Ami, tranquile au port (oui,
votre Ami à tous-deux, l'Homme qui vous
veut un bonheur réel) votre Ami vous regarde dans la bourafque, avec fenfibilité,
avec pitié, mais fans chagrin de ce qu'en
vous débattant, vous le bleffez. Il ne vous
en-tient pas moins ouvert un cœur tout à
vous. Ah! venez-y tous-deux, duffiez-
vous le déchirer! il ne vous entendra pas
moins une main fecourable : il eft à vous,
ce cœur, plus qu'à moi, & vous en-
êtes les maîtres... Maudis-moi, Edmond,
fi tu me crois l'auteur d'un facrilége;
maudis-moi, tu le dois! Mais dans la
réalité, je ne le fuis que d'une action
naturelle. Quant à la chère Perfone (1),
pénétrée des principes où je la fais, elle
doit me regarder comme un Monftre;
elle le doit, & je ferais le plus féroce, le

(1) Mme Parangon.

plus-

plus-barbare des Anthropofages, fi je lui
en-voulais un-inftant de la haîne qu'elle
me porte, haîne qui fait l'éloge de fon
cœur & de fa vertu.   Haïffez - moi
tous-deux ; épuisez contre Gaudét toute
l'amertume de vos cœurs, & pourvu
qu'enfuite il n'y en-refte point contre
vous-mêmes, je ferai content. Je fuis, &
je veux être le roc impaffible contre lequel
fe brife votre defefpoir.   Mes Amis, mes
chèrs Amis ! vous êtes ce que vous devez
être ; & moi, ce qu'il faut que je fois.
Eh ! quelle âme auriez-vous, je le répète,
fi, dans vos principes, vous n'aviez pas
horreur de votre action ! Vous croyez
avoir violé des lois facrées, les lois de la
Divinité, ah ! que feriez-vous, fi vous
n'en - gémiffiez - pas ! Oui, gémiffez !
vous avez porté atteinte à une Religion
faite pour vos âmes fenfibles ; à cette
Religion attendriffante, la confolation du
Pauvre, du Perfécuté, du Souffrant de
toutes les manières ; la terreur du Riche,

Tome I, II Partie.   D d

de l'Oppreſſeur, du Tyran, de toute
âme méchante, cruelle, injuſte! vous
l'avez attaquée dans un point, que vous
croyez un des principaux; gemiſſez! ſi
elle eſt vraie, votre crime eſt affreus.
Eh! pourquoi ne le ferait-elle pas? Ah!
Edmond, c'eſt elle encore qui doit te conſoler: elle défend le deſeſpoir; elle offre
aux Coupables des expiations, & le per-
fide Aſſacin lui-même, Celui qui a détruit
ſon Semblable, & qui mérite la deſtruc-
tion, ne trouve pas cette tendre Mère
inflexible! Elle le prend par la main, à-
l'inſtant où la Vengeance le conduit à l'é-
chaffaud; elle lui dit: Dieu eſt plus-miſé-
ricordieus que tu ne fus méchant: offre
lui ta peine!... Et ſ'il l'offre en-effet, la
Religion proſternée devant le trône de
Dieu, implore pour lui la Clémence
divine, & la fléchit... Pénètre-toi de ces
vérités, préſente-les à ta Compagne &
ſoutiens-la. Repréſente-lui, qu'aufond,
votre faute, ou votre crime, comme vous

l'appelez tous-deux, n'eſt qu'une faibleſſe
très-excuſable : que toi, loin de lui avoir
manqué de reſpect, tu lui as donné la plus-
forte preuve de cette inſurmontable paſſion, qu'elle t'inſpire depuis le premier
moment où tu l'as vue. Ne lui dis pas
(quoique ce ſoit la vérité), qu'elle ſ'eſt
crue violée ; qu'il n'en-eſt rien ; qu'elle a
cédé, qu'elle a été heureuſe, qu'elle l'eſt
encore par ſon action, & que ſon deſeſpoir, tout vrai qu'il eſt, n'en-eſt pas moins
à-préſent le plus-doux de ſes plaiſirs : mais
conduis-toi, ſ'il eſt poſſible, comme ſi tu
lui tenais ce langaje.... Edmond, tu es
encore un Enfant ; mais tu ſeras Homme
un-jour ; au lieu que les Femmes ſont toujours des Enfans : mais en-cela même,
elles ſont encore ce qu'elles doivent être.
Eh ! que deviendrions-nous, ſi elles
avaient une âme d'Homme ! elle ſeraient
bien-malheureuſes, & nous le ſerions
avec elles & par elles !... Calme-toi,
mon chèr Ami : reviens à ton Mentor ;

D d 2

porte dans son sein toutes tes peines ; il les adoucira, ou il les voudra partager. Je te l'ai dit, je crois, mais je ne te l'ai pas encore écrit : S'il falait, pour ton bonheur, devenir préjugiste, intolérant, cagot, je crois que je le deviendrais, aumoins en-partie ; je te sacrifierais mes lumières, mes goûts, mes sentimens, Me voila. Suis-je digne d'être ton Ami ?... Ton cœur me répondra *oui*, j'en-suis sûr, quand il sera calmé. En-attendant, verse des larmes ; c'est l'huile du Samaritain, pour les âmes tendres ; elles adouciront l'âcreté de ta douleur. C'est l'instant qu'attend avec une impatience brûlante,

Ton plus dévoué Serviteur.

P.-s. Je m'occupe d'Ursule.

XXVIIII.me
URSULE,
A FANCHON.

19 septembre.

[Elle a des préfentimens de fon prochain malheur.]

Tout eſt pour moi dans un effrayant ſilence, chère Sœur! point de nouvelles, ni de mon Frère, ni de toi! Perſone ne m'écrit, ne me parle! Ici même, je ſuis négligée: Un calme inquiétant règne autour de moi! Je ne ſaurais me défendre de ſecrettes terreurs. On a vu cette nuit un Homme entreprendre de lancer une échelle-de-corde au balcon de la chambre où je couche: M.me Canon avait une inſomnie; elle était à ſa croiſée: elle l'a vu...... —Que voulez-vous–! ſ'eſt-elle écriée: & ce mot a cauſé une grande agitation dans tout un monde, qui paraiſſait audeſſous de ma fenêtre; car ils étaient pluſieurs, & ſi ſon œil ne la trompe pas, il y avait une chaiſe à quelque diſtance,

qui a roulé lorfqu'ils fe font retirés... Cependant, une partie de tout-cela pourrait
bien être une chimère de fon imagination.
Elle nous a auffitôt éveillées, m.^{lle} Fanchette & moi, pour nous faire partager
fes frayeurs. Ma jeune Compagne
tremblait, & j'ai été obligée de la raffurer :
J'ai regardé feule à la croifée quelques
inftans, & j'ai entendu parler-bas, fans
pouvoir rien comprendre que ce mot :
—Eft ce elle-? Nous-nous fommes remifes
au lit enfemble, & enfin après un long
babillage, nous-nous fommes endormies.
J'ai eu un fonge affreus. Mais je n'y
crois plus; m.^{me} Parangon m'a guérie de
cette crédulité fuperfticieufe. J'ai cru
que je me trouvais entre les mains des
Voleurs, dont m.^r Gaudét était le chèf,
mais il femblait craindre de fe montrer,
& que le Marquis accourait à mon
fecours. Je me fuis jetée dans fes
bras. En ce moment, j'ai vu de loin le
Confeiller, l'air fombre, qui me regar-

dait, & femblait me dire :   :: Voila donc
comme vous êtes conftante !... J'ai voulu
me débarraffer du Marquis, qui m'a retenue
malgré moi. Un inftant après tout a
changé : je me fuis trouvée entre les
mains de Scélérats ; l'Un a levé le poignard fur mon fein , tandis que l'Autre ,
avec un vilain rire , voulait que j'alaffe
le careffer : Je ne pouvais m'y resoudre.
Il a dit ; :: Frappe ! Auffitôt j'ai vu
couler mon fang , & je fuis tombée
mourante. Cette chute m'a réveillée.
J'étais en-fueur , & je ferrais m.^{lle} Fanchette dans mes bras. Elle f'eft retournée de mon côté : —O ma Bonne-amie,
que vous avez parlé en - dormant !
vous m'avez fait bien-peur , je vous
affure ! mais quand je vous ai eu répondu , & que j'ai vu que vous dormiez ,
cela m'a raffurée. —C'eft un rêve, ma
Chère. —Oui, à-cause de la peur que
nous a faite m.^{me} Canon-. Comme il
était grand jour, nous-nous fommes ha-

billées. Il m'a pris envie de mettre une
robe à-l'anglaise, que j'ai, avec mon
petit chapeau. Mme Canon ma dit :
—On croirait que vous alez en-campagne !
—Je ne fais pourquoi j'ai eu cette envie,
ai-je répondu : cette robe me déplaît
aujourd'hui, & je veux l'ôter. —Non,
non, gardez-la ; il fait beau, nous irons
au *Boulevard*-. Je l'ai donc gardée, &
je fuis venue t'écrire. J'ai une inquiétude qui me fait trouver du dégoût à
toutes mes occupations. Donne - moi
des nouvelles de tout le monde, par le
premier ordinaire, & n'oublie pas Edmond ; il m'inquiète ; ni m.^me Parangon.

Adieu, très-chère Sœur.

FIN de la II.^de Partie & du Tome Ier

www.ingramcontent.com/pod-product-compliance
Lightning Source LLC
Chambersburg PA
CBHW070304030726
47505CB00004B/903